木心談木心

《文學回憶錄》補遺

木心｜講述　　陳丹青｜筆錄

過去的音樂家，自己演奏自己的作品

木心，一九九四年元月，攝於世界文學史課程結業聚會。

目錄

一九八九～一九九四年，陳丹青的五本聽課筆記。

第一講　談自己的作品

《即興判斷》代序
〈塔下讀書處〉

一九九三年三月七日

說得性感一點：這是不公開的。最殺手的拳，老師不教的。前幾年的課，是補藥，現在吃的，是特效藥。

莫札特，差一點就是小孩子，幼稚可笑，但他從來不掉下去。

寫作是快樂的。如果你跳舞、畫畫很痛苦，那你的跳法、畫法大有問題。

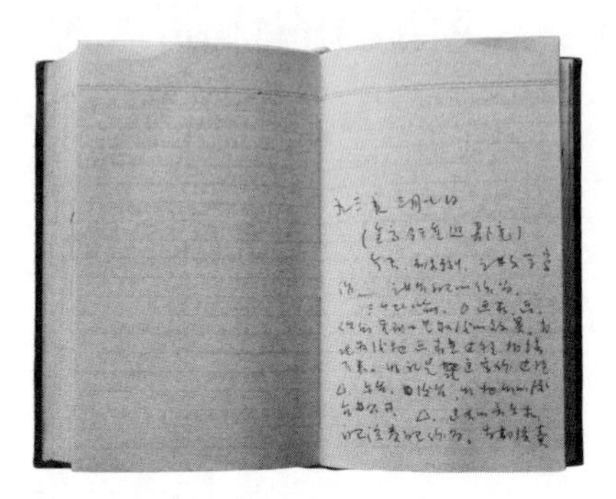

「文學演奏會」第一講筆錄原件

＊《即興判斷》代序，收錄於「木心作品集」《魚麗之宴》p.67-95。
＊〈塔下讀書處〉，收錄於「木心作品集」《即興判斷》p.17-31。

（金高今天重返書院。）

今天，破例，講文學寫作——講我自己的作品。

三個比喻：畫家，畫，你們看到的是最後的效果。有說是把畫家畫畫全過程拍下來的，我就是說這寫作過程。其次，舞臺、後臺，我把我的後臺公開。再其次，過去的音樂家，自己演奏自己的作品。蕭邦演奏自己的作品，最好。

今天算是木心文學作品演奏會。

不卑不亢地談。許多藝術上不允許講的話，我在課堂上講——我們相處十年了，開課四年了，其實很少有機會我來講自己寫作的過程。從來沒有深談過。

說得性感一點：這是不公開的。最殺手的拳，老師不教的——寫作的祕密。對你們寫作有好處。前幾年的課，是補藥，現在吃的，是特效藥。好處，是你們已經鋪了一些底。

是嘗試。可以鬆口氣。我每次要備課三天，兩萬字，有事忙不過來，這樣穿插可以調和。

眾人打開木心的書（台灣版）。

今天講《即興判斷》裡的「代序」和〈塔下讀書處〉。前一篇是答客問，後一篇是講別人。諸位將來都會遇到這種事——講下去，你們會知道寫作有那麼一點奧妙。

「代序」，在音樂上類似序曲。有時可以取巧，用另一篇文章「代序」，很老練，用不到直接來寫序。

凡問答，採訪，不能太老實。要弄清對方意圖。這篇訪談，事先知道是對許多作家的採訪，包括問哪些問題。我要知道說給誰聽——要刺誰。

發表後，別人的「答」也都發表了，正好給我罵到。

我不願和他們混在一起，所以單獨取出作代序。

《即興判斷》代序

丁卯春寒，雪夕遠客見訪，酬答問，不覺肆意妄言——謂我何求，謂我心憂，豈予好辯哉。鮮有良朋，既也永歎，悠悠繆斯，微神之躬，胡為乎泥中。

——閱錄稿後識

先要來個「招式」，不宜用問答語，宜用文言（「閱錄稿後識」。「識」，音同「志」）。而且不能寫「木心閱稿後識」，要去名字。從前人家多用自己名字，不必要）——「丁卯春寒，雪夕遠客見訪」，是文言的美。「不覺肆意妄言」，是退開，是謙虛。

「謂我何求，謂我心憂」，《詩經》的典故，簡化了。

「豈予好辯哉」是孟子的話，意思是我好辯嗎？不得已也。難道是我好辯嗎？這樣，就把「肆意妄言」解了。「鮮有良朋，既也永歎」（「既」，音同「況」，賜的意思），取《詩經》，意思是少有朋友和我長歎長談了。

「微神之躬，胡為乎泥中」，《詩經》句，意思是「若不是為了你的緣故，我不會在泥中打滾」——若非為了藝術，我不會在泥中打滾。

今文，古文，把它焊接起來，那疤痕是很好看的。魯迅時代，否認古文，但魯迅古文底子好，用起來還是舒服。

這麼一段序中之序，說老實話：搭架子。搭給人家看。懂事的人知道，「來者不善」，不好對付。

要有學問的。

問：您對作品的暢銷與否的看法如何？

答：作品暢銷，必然成名，而歷史上一路過來的不朽之作，當時大抵未交「暢銷運」。成名與成功很難兼得，通常是兩回事，成名不一定成功，成功不就此成名。暢銷書，也有確實可稱成功的。如果並非成功，只是交了「適逢其會」的好運，那麼，後來自有結果：一時成起來的大名，縮小了，沒了。

各國各族的書市，總有各種熱門的東西，無可厚非，在當時，厚者是非不了的——值得省視的是：暢銷書標示著那個暢銷範圍的文化水準，一般都著眼於誰寫了暢銷書，其實問題不在作者而在讀者，所以問題很大、很重，重大得好像沒有問題似的。

訪者的第一問，你要想想，他問的是什麼意思，什麼心態（問，一定要別人問，左手撓右手，不癢，要別人撓，才舒服）。

答，是講實話。平平實實講。

答到第二段，轉個彎，口氣很安靜：「一時成起來的大名，縮小了，沒了。」第三段，「各種熱門的東西」，開始講「東西」，用白話文了。最後幾句，講本質，釘子敲下去。

不是俏皮話，是真話——注意：凡是第一個問題，要用點力氣。

問：您最喜歡的中文的文學刊物是哪些？

答：正在尋找中。

第二問，是我不願回答的。但我答：「正在尋找中。」已經給面子了。夠了——凡是文學家給你面子時，是他自己要面子。

問：平均每天花多少時間閱讀及寫作？

答：兩、三小時。十一、二小時。

第三問，毫無意義的問題，但我講老實話。

問：古今中外的文學大家中，誰對您的影響最大？

答：一個人，受另一個人的影響，影響到了可以稱為「最大」——這是病態的，至少是誤解了那個影響他的人了。或者是受影響的那個，相當沒出息。

受「影響」是分時期的，如果終身受一個人的「影響」——那是誤解，至少是病態。說回來，古今中外確實有一位大家，較長期地「影響」我——《新約》的作者（非述者），主要在文體上、語氣上，他好。

第四問：普遍喜歡這麼問，放之四海而皆準而不準。大家都想找個文學乾爹文學奶媽。你又來了，我羞你一下，但最後一段，很親切，把耶穌一把摟過來。但還是說「較長期」。「影響」二字用引號，還不提耶穌名，注明「非述者」。

我講他文體、語氣好，是以藝術家對耶穌的態度，不是信徒使徒的態度。

問：假如有筆經費，支持您的寫作計畫，您的第一志願是什麼？

答：這是很有意思的，這是一個「李爾王」的問題。假如有三個人作答，甲說：有了支持，必將寫出經天緯地的命世之作。乙說：如蒙相助，不成功便成仁。丙說：既能安心寫，寫完再說——看來這筆經費是付之甲的，或三七開、四六開，分給乙和甲。丙，沒有希望。

美國的各種基金會，有專事獎勵「天才」的，一旦物色到某人，由律師通知：如果您同意接受，那麼每年可以自由支配這若干萬美元，歷若干年，OK，除了OK就不再顧問——如果那個「天才」把錢胡亂花掉，終於一事無成呢？該基金會答：即使如此，也是個別，絕大多數是卓然有成，以個別的損失，換絕大多數的效果，實在值得。

我想，所謂「志願」，「第一志願」，是早就有的，不是眼看有經費來了，「志願」拔地而起。而且「志願」如果能分為「第一」、「第二」……似乎不大像「志願」，尤其對於寫文學作品的人，「志願」多了，就可能「非文學」了。

安逸的生活，良好的環境，使「志願」實現得快些、順遂些。否則，就慢些，波折多些，「志願」還是要實現的。

寫作，如果出於真誠，都知道「文學」有個奇怪的特性：寫下去，才漸漸明瞭可以寫成什麼。所以「第一志願」和「第二志願」……同樣是「要寫得好」，如果「很好」，那就更好了。

凡是大言炎炎者，必定寫不好——這一點也很奇怪。但可以堅信。

第五問：大家在這個問題上跌得更厲害——我放點火藥了，但口氣還是客氣。我自己的意思，開始放在第三段問答中，第四段很誠懇，第五段，弄點餘波蕩漾，有點像老太婆講話——最後一段，罵他一下。

問：您認為中國作家中，誰最有希望獲得諾貝爾獎？

答：不知道——只知三種必然性：一、是個地道的中國人。二、作品的譯文比原文好。三、現在是中國人著急，要到瑞典人也著急的時候，來了，拋球成親似的。

第六問，非常愚蠢的問題，都很關心。我一看，不回答吧，錯過機會，回答吧：咦！怎麼辦？我回答是「不知道」，但只答「不知道」，勢太弱——下面來了：一，地道的中國人；二，譯文比原文好（這是胡說，哪有這樣的話）；三，本質了。但這樣的老實話要說得它簡捷（但是，等到真的諾貝爾獎來了，在中國一定是冤案。抛球成親，就是冤案），把諾貝爾獎罵進去了。乞丐做女婿。

問：您當前正在閱讀的書是什麼？

答：瑞士的 Jacob Burckhardt 的《義大利文藝復興時期的文化》，此書百年以來德文本及各種譯本一直風行不衰，新版迭出。西方對待自身的人文傳統的真摯態度，項背相望，氣脈連貫。（中國任何一期前朝文化，都還沒有這樣的回顧評鑑的巨著）布克哈特的這本書，不以精采卓越勝，系統性也只在就事論事，它平實，懇切，筆鋒常含體溫，所敘者多半是我早已詳知的故實，卻吸引我讀，讀著讀著，浸潤在幸樂之中。凡是令我傾心的書，都分辨不清是我在理解它呢還是它在理解我。

快慰之餘，不禁想：假如中國也有人寫這樣性質的書（關於東西漢或南北朝或三唐二宋的文化演變），也是一部平實、懇切、滿含體溫的巨著，那麼，百年以來，也會風行不衰新版迭出嗎——不可能。為什麼不可能？這就要寫一部書來解答，寫出來之後，也沒有人要看。所以不寫。所以等於回答了問題。

第七問：這種問題，你要誠懇對待。他沒有惡意，沒有話問了，不含惡意的愚蠢。但不能真的說你在讀什麼書，不能太老實。要找可以借題發揮的書，哪怕你讀都沒讀過。我舉布克哈特這本書，是借來罵我們這邊，而且要站得比布克哈特高。二段答詞中再提「平實、懇切、滿含體溫」，是叫人注意，這幾句自己是得意的。以下句子，還是重複，要一刀刀切下去，像山西刀削麵。魯迅很懂這東西。

問：最近看過的令您印象最深的一本書是什麼？

答：重讀少年時耽讀的但丁傳記，這次的作者是馬里奧·托比諾，義大利人，寫來尤其娓娓脈脈，我原來以為但丁的頭髮是栗色的，這才知道是金色，金髮金心的大詩人。

邊讀邊回憶少年時在故鄉沉醉於《新生》的那段蒙昧而清純的年月，雙倍感懷——各有各的佛羅倫斯。

第八問，也是很普遍的問題，回答時，借此機會休息休息。但光是講讀但丁傳記，平凡而不景氣，所以提到「少年時耽讀」的版本和這次的版本。但不能大題小做，真正讀但丁，所以提「金髮」之類。最後一段才是主題：「各有各的佛羅倫斯」。蠻得意的一筆下去。提到當年的雜誌《新生》，那不是讀《神曲》的年齡（這讀的少年有問題），但感慨是在「蒙昧而清純」，是在「各有各的」——但丁回不了佛羅倫斯，我也回不了中國。這是我的幕間休息，甜甜的。這樣寫，是可以和但丁做做朋友，既同情但丁，又自悲，物傷其類。

問：您覺得目前國內的文學水準與您開始寫作時比較，是較高或較低？

答：四十年來，中國文學進進退退反反覆覆，現在耆老的一輩作家，差不多全是擱筆在他們自己的有為之年，所以只能說半途而廢。據後來的狀況看，即使半途不廢，也許未必就能怎麼樣。試想，如果真有絕世才華，那麼總能對付得了進退反覆的厄運（別國就不乏這等顛撲不破的大器），環境、遭遇，當然是意外分外坎坷，而內心的枯萎，恐怕還是主因，「置之死地而後生」這句話就用不上了。用得上這句話的是中年一輩作家，可惜根底都遜於老輩，但也許正因為這樣，所以勁道特別粗，口氣特別大，著作正在快速等身中。面對這些著作，籠統的感覺是：質薄、氣邪，作者把讀者看得很低，範圍限得很小，其功急，其利近，其用心大欠良苦——怎麼會這樣的呢，恐怕不光是知識的貧困，而主要是品性的貧困，品性怎麼會貧困的呢，事情就麻煩了，說來必須話長，使人不想短說。接下去，是年輕的一輩，比之老輩中輩，那年輕的一輩最有幸，恰好在「不怕虎」的年齡上經歷「史無前例」的虎虎十年，勞之，餓之，非常符合「天降大任」的模式。俄而國門開了，公費行萬里路，私下讀萬卷書，動輒獲獎，一蹴成名，照理實在是好事大好事，可是不知怎的總含著「夢」的成分，有受寵若驚者，有受驚若寵者，就是沒有寵辱不驚者。「文學」，酸腐迂闊要不得，便佞油滑也要不得，太活絡亢奮了，那個「品性的貧困」的狀況更不能改變，而且，「知識的貧困」也到底不是「行路」、「讀書」就可解決。時下能看到的，是年輕人的「生命力」，以生命力代替才華，大致這樣，大致都這樣在以生命力代替才華——除了擱筆的和勉強執筆的作家，其他，都充滿希望，足可一直一直希望下去。提問所指的那個整體性的「文學水準」呢，近看，不成其為水準，推遠些看，比之宋唐晉魏，那是差得多了。推開些看，比之歐洲、拉丁美洲，那也差得多了。怎麼這樣比？其實——這樣比，才有意思，否則，不用比，無從比起，還是一邊食粥一邊寫，像那位不知諾貝爾獎為何物的曹侯這樣地寫，啜粥難免有聲，其他的聲可免則免。

第九問：這問題，問的人是把頭撞到機器裡。答的人，往往存心不良。「提高」了，說是他的功，「降低」了，是抬高他自己。「時代車輪」這個東西不能亂碰的。

我是用足力氣回答這個問題。「半途而廢」，用力了，下一句，更用力了，「也許未必就能怎麼樣」。

講中年輩時，老資格的樣子，用點文言如「其功急」、「其利近」等等——「怎麼會這樣的呢」，自己這麼一問，主題托出來，但馬上又壓下去：「品性怎麼會貧困的呢？」

長話不能短說（不願跟這些人說）。

後面「『文學』，酸腐迂闊要不得」，光說「酸腐」，字不夠，四字才好，才有厚度。下面「便佞油滑」，也得四個字。

再後面，以「生命力」代替才華，三次用，加強語氣，有快感，有力度——下面說「一直一直希望下去」，就算寬厚一些。最後幾句。是不讓他們說話：你們不要胡來，不要提什麼當代的文學水準——「不用比，無從比」，臉一板。

問：您認為作為一個作家最重要的條件是什麼？

答：誠吧。

（畢卡索說：我們這個時代缺乏的是熱誠，塞尚感動我們的是他的熱誠。）

第十問：正好來這個問題，用二字就可以了，還不夠，借畢卡索說一說。

問：作家這個行業最重要的職業道德是什麼？

答：就是前面這個問題。

而且，「作家」是個「行業」？當「道德」由「職業」來規範時，還可能是道德？倒可以談談作家最不道德的行徑是什麼，那是：存心欺騙人，蓄意狎弄人，使讀者習慣於被欺被狎，久而久之，以為不是這樣就不是文學——「這樣」的現狀，正是作家的作孽。

第十一問：你們頭腦要非常清楚，不能給他面子。但不回答，太刻薄鋒利，但還是忠厚（「職業道德」，這句話是不通的）。

問：好的作品、好的作家，用什麼方式鼓勵「最受用」？

答：「好的作品」，「好的作家」，誰來定這兩個「好」呢，若說好的作品好的作家是由「好的讀者」、「好的評家」來判定，那麼，又多了兩個「好」，又是誰來頒賜的呢——姑置不論，姑妄就題論題：

已有好的作品，已列為好的作家，那就不需要鼓勵。需要鼓勵的是，寫了些東西，不夠好，而頗有可能寫出好的東西來，那樣的人（此時，稱之為「作家」嫌早）鼓勵鼓勵，才值得設想一下什麼是他所「最受用」的。

作品是物，物是無從鼓勵的。作者是人，普通人，只要讚美。特殊人，但求理解。一流作家（漫長歷史好容易作出仲裁的）其涵量百年千載理解不盡，讚美就顯得很次要似的。如果在他有生之年，同代人能含糊地認知這種作家的「作品」的「人」，這點認知，便是百年千載的「理解」進程的啟始，算是早的、順利的、僥倖的。而其實倒是「鼓勵」了讀者：一、大體輪廓上看出面對面的是何種性質的作家、何種性質的作品。二、能解的解，不解的保持不解，這樣就減少誤會和歪曲——所以，寧是讀者「最受用」，讀者「受用」了，作者也不無「受用」之感。回過身來打量另外的那種只需讚美不求理解的「作」「家」，恐怕有著什麼根本性的隱衷。《聊齋志異》裡面有許多女的男的，俊俏伶俐，非常之需要讚美，非常之不求理解，一旦眼看要被理解了，便逃之夭夭。

那麼，大概總不外乎用「理解」這個方式去對待作家，是最受用的吧，在進程中，夾入幾個褒義的動詞形容詞，那就不必計較了。

第十二問：編輯先生以為自己是大家長，婆婆媽媽。要把這東西弄破。誰來定這個「好」？這是常識問題。「姑置不論」，不和他計較。下段，先是夫子自道，後來就罵他們。

問：您如果不是花這麼多的時間寫作的話，您想您會做什麼？

答：騎馬。彈琴（piano）。烹調川菜。去西班牙鬥牛，不，看鬥牛；午睡，那邊都午睡，小偷也午睡。我是為夜間寫作投資。

第十三問：這問題可以不回答，但給他一點面子。我在紐約哪有騎馬、彈琴，但要這麼寫，塑造這樣一個東西。「去西班牙鬥牛」是故意說錯話。再來一個具體的，「午睡」。故意這樣。要有氣度。

問：在什麼地方（環境）你寫得最順意？

答：繁華不堪的大都會的純然僻靜處，窗戶全開，爽朗的微風相繼吹來，市聲隱隱沸動，猶如深山松濤……電話響了，是陌生人撥錯號碼，斷而復續的思緒，反而若有所悟。

第十四問。無非安靜一點的地方。但也得像「秋菊打官司」，有個「說法」。答這兩個問題，都是擺姿態。

問：您個人是否覺得與社會頗為格格不入？作為一個文學家，您是否覺得自己與社會的主導價值、流行時尚頗有距離？

答：就人類社會的整體觀念的結構性而言，我容易認同並且介入。局部的一時的「格格」呢，能遷就的遷就，不能遷就的便退開（為了取得「退開」的能動性，花了數十年工夫）。另外則好在我從來沒有「作為一個文學家」的自我感覺。時常聽到別人在說「我們作家……」如何如何，覺得完全隔膜，反正別人的「我們」，對於我是「他們」（「她們」），閃身讓開，免得擋了道。關於社會的「主體價值」、「流行習尚」，最好能處於「導演」的位置上，不行，便希望處於「演員」的位置上，又不行，退而作「觀眾」。社會是個劇場，觀眾至少也在劇場裡，所以，若說「距離」，僅僅是觀眾席與舞臺的一點距離，有時坐前排，有時坐後排，有時坐包廂，十八十九世紀似的。總之「距離」不大，大了就看不清演的是什麼戲了——我是個戲迷，報紙上國際版、社會版的新聞每天看得仔細，文藝版娛樂版則一掠而過，不夠戲味。我想，既然宿命地是個戲迷，我不入劇場誰入劇場？大概是這樣，是這樣的。

第十五問：他希望答者對兩個問題「格格不入」、「保持距離」，都說yes。確實是的，但我不肯回答，等於抓個女人跟她訴苦——訴什麼？我不訴這個苦。

怎麼辦？居高臨下，從大處著手：「從人類社會……」我認同介入。關於導、演、觀眾，是既老實又不老實。其實是導演做不成，做演員，又不願，做觀眾，叫叫。

以下是自己玩玩自己。

最後是我不入地獄，誰入地獄，口氣很大，把地獄說成劇場。我是個救世主，失業的救世主。

你看一路下來多少危險的地方。答者不能掉下去。

莫札特，差一點就是小孩子，幼稚可笑，但他從來不掉下去。

問：假如您的作品有正面的社會、政治影響的話，您希望它是些什麼？

答：現代人（現代社會）缺乏或喪失兩種遠景：歷史遠景，理想遠景。舊信仰式微之後，新信仰沒多久就惡性地破滅了，再新的信仰，萌發不起來。如能憑藉「過去」和「未來」的兩極認知，結合為一個「觀點」，並有賴於文學的本體性所可能潛起的親和作用，便希望與讀者共取這個「觀點」，同事兩種遠景的執著，從而嘗試判斷「現在」的失控，是否緣於「過去」的失落，必然導致「未來」的失敗。（這個世界性的荒謬圖景，表現在局部地域就特別彰著嚴重）「社會」、「人」變成不情不理無情無理的怪物。故以此反證：清醒於兩種「遠景」的存在感，尚能面臨「失控」的年代時畢竟有所抗衡，有所肯定，有所葆儲，有所榮耀，猶如古希臘人的「不丟盾牌」——道理粗淺如此，唯其粗淺，就不能不曲折盤旋地呈現它，才有可能近乎「文學」，即隱隱秉著這個棘心的意念，漫無實際的功利目的，兀自調理一群岌岌可危的方塊字，不使僭越「文學」的本體界範。事情就差不多了。書，大別之是兩類，一類水手讀，一類船長讀。我喜歡水手，原是想給水手取樂的，寫寫又寫得似乎是為船長解悶了。弄得兩方都嫌煩，水手嫌古板，船長嫌胡鬧——要是中國的文學作品果真能有正面的社會、政治的良好影響，那就太令人興高采烈了。在歐洲，這種事是有的，有過幾次。中國，看看像是有了，又沒有了。這種像是有了終究沒有了的事，給人以希望。但，還有一件事：莎士比亞，他的作品，對正面的社會、政治影響是些什麼？

第十六問：這算是問者的得意處。你一本正經，我也一本正經。「新信仰沒多久就惡性地破滅了。」光是寫「破滅了」，不行的，密度不夠，要加上「沒多久」就「惡性地」。以下有所「抗衡」、「葆儲」、「榮耀」，是名詞，要有個形容：「不丟盾牌。」

你們以為高深，道理粗淺如此。藉以說出文學的本體性。我有功利目的，但卻是「漫無實際的功利目的」。

硬性的講完，講點軟性的。於是講講書、水手、船長之類。最後，引莎士比亞，把我前面談的全翻掉——不必找這個東西。什麼「正面社會影響」，講那麼多，最後啪的一下全撤掉。

問：除了寫作，作家對社會還有什麼其他的責任？請列舉。

答：應得向「作家意識」明確的人請教。很想聽聽，到底作家除了把作品寫好之外，還有什麼責任可盡，而且確鑿是盡了的，以及正在盡和將要盡的總共有多少。更令人好奇的是：如果「其他的責任」盡得真不錯，盡得好透了，而「作品」寫得太那個，或者寫得有點近乎糟糕——怎麼辦呢？

第十七問：他們又是有心理準備的：到孤兒院養老院去，男男女女花枝招展，去訪貧問苦。所以問這個，真怪，還請你舉例。所以我一上來就叫他們去向別人請教，別來問我，釘死——不能說「寫得不好」，是「太那個」了。

問：出版界對中國作家是否盡到應盡的責任？學術界呢？

答：出版界也很複雜哩，看不清的不談，看得清的是眼前的書，很醜，形式上很醜，反而不及三十年代的稚拙得有風味。中國傳統的書，極為雅致，十分講究格調，在世界性的書的大觀中，自成典範，說明祖先們全然精通此道。這個人文高度的標幟已屬疇昔光榮，像古代衣冠，美則美矣，不為現代生活所許可。西洋的印刷機和技術（包括紙張、製紙法）傳來之後，局面別開，而奇怪的是：對於字體、版式、印刷、裝幀，整本書的形象效果，竟會歷一百年尚未融會貫通——不是小事，事情大在整個民族的文化教養、藝術常識上，出版界看不出自己的書的面貌是醜時，而據說讀者（購買者）就是喜歡豔俗、小家子氣那種樣子（書的作者們也頗安於現狀），供方摸到了求方的心理，推演為：愈豔俗愈小家子氣，銷路愈佳。那麼，從旁再加推演，十年百年下去，不堪設想的局面是堪設想的。

改善改良書的形象，有待整個民族新的人文高度的出現，單向出版界進諫，沒有用，出版界，能賣得掉的才是書。

學術界，「學術界」之與「作家」，似乎不存在「應盡的責任」，真有這樣一重精神生活上的倫理關係嗎？學術界所事範疇廣袤，對文學史、文學家、文學作品、文學思潮等方面的研究，僅是許多方面中的某些方面，如果這些方面的研究風氣盛，成果大，並不印證當代的文學創作繁榮，更不是說對作家盡了責。只有「文學批評」一項，如果出了優秀的批評家，高超的大批評家，與之同代的作家、大作家受其照耀，都可能得個什麼好歹名堂（但批評家、大批評家如果只對歷史上的作家、大作家有興趣，對同代的作家、大作家沒有興趣，那也不能埋怨他「不盡責」），反之，出了顢頇昏庸的文學批評家，那就只會亂了文學的「朝綱」，爭座位時，製造些專供外揚的家醜。所以，若論文學的學術活動，最好還是文學家自己來兼。西歐的情況，每每如此，尤其近代，創作的天才往往就是批評的大才，神而明之的詩人也博而精之地寫論文、作講演，出色當行極了。

從歷史上求證，文學的學術活動與文學的創作活動不平行的時期多，平行的時期少。學術昌明，創作暗澹，有之。學術疲苶，創作興旺，有之——歷史上是這樣，當今不外乎是這樣。而希望的是學術創作昌明興旺，因為歷史上也曾有過這樣的幾個平行期。

第十八問：他也釘下去了，以為問得很專門。我也不讓，認真下去。講出版界、書店、讀者，然後用「供方」、「求方」，有個硬度。「不堪設想的局面是堪設想的。」先用形容詞，後面的「堪」是指事實。再來個「專供外揚」的「家醜」。

問：成為作家以來，您所付出的最大代價是什麼？

答：我的「以來」，只是投稿、結集以來。沒有「付出」而有「收入」，例如稿酬、版稅、贈書，都照收不誤。一定要說「代價」，除非是指自己花錢買自己的書，去送給別人，別人不喜歡，扔掉了——「代價」很小，付得起，以後也許還要送。寫作是快樂的，醉心於寫作的人，是個抵賴不了的享樂主義者。

第十九問：開開玩笑了。許多人會講創作如何心血勞動，大多數來抱怨太太不支持之類。寫作是快樂的。如果你跳舞、畫畫很痛苦，那你的跳法、畫法大有問題。

問：您對目前市面的暢銷書排行榜的看法？可能造成何種影響？

答：商品社會不受文化制約，便反過來制約文化。文化一旦成為商品，必然變質。古典、經典之作也會被弄得面目不清。次文化大量上市，把更次一等的作為陪襯，「次文化」就正名為「文化」，至此「文化」名存實亡，至多作為裝飾，購買者是消費者，書是消費品。書市凋疲固非好現象，書市興隆何嘗是文化景氣。法蘭克福學派成立之初，慨然定了「文化批判」的題，幾十年來觀察思索，得出的模式是：文化=意識形態=操縱性工具。「當代」也真不笨，意識形態可以用和諧的假象覆蓋社會矛盾，文化成果不知不覺變成文化商品。法蘭克福學派獨創了一個詞「文化工業」，為了便於說明當代工業社會的文化，是經由對大眾心理的控制而發生作用的。所謂「暢銷書排行榜」，正是很格致的例證。

「文化」，原具有對現實的批判性、否定性、抉擇性（超越現實的追求），然而當代工業社會文化，連一點內心自由和精神上的判斷力也保持不住，整個世界淪為單向度的維護既成秩序的肯定性文化，以法蘭克福學派的目光來看，這是當代工業社會的極權性的普遍表現，追根一直追到廣義的「啟蒙」，浩歎為「啟蒙的辯證法」、「文化的宿命」——面對這樣的「世紀末」，區區比之霍克海默諸公，心情自更悒鬱，脾氣也愈急躁，然而從東方來的過客，眺見西方的人文背景畢竟還是深厚，多元之多，多元之元，總覺得其間葆蘊著什麼希望似的。

反思中國文化命脈的延續和發展，只能期許於社會的多元架構的締造。中國的現狀是，有的地區「元」而不「多」，有的地區「多」而不「元」，「文化」一直在商品和政令的夾縫裡喘息，中國文化可真禁得起折騰，這個韌性，也許便是希望之所在，不妨提前「其言也善」，走著瞧而瞧著走吧。

第二十問：希望我罵罵暢銷書，又希望你也在榜上。這問題我們又要有個常識：問題問到十九、二十，你要回答得好，即使後面的問題是小題，也要大作，是次要，也要弄成主要——十九問，我沒法大抓，二十問，給我抓住，大大發揮了些。從前破題要一鳴驚人，否則不是人。承，轉，到後面一定要轉。舉實際例子，達到抽象的證實，就是「格物致知」。最後一句：「不妨提前『其言也善』。」其實是死了。

這段答牽涉比較大。其中為什麼借用法蘭克福學派？借刀。

你們不聽木心，那去聽聽法蘭克福學派。

這篇訪談一出，再也沒人來找我訪談了。

把提問者奚落了。

〈塔下讀書處〉

接著講〈塔下讀書處〉。

第一次發表，叫〈憶茅盾書屋〉。後來改名。當時是策略，吸引讀者。讀完後，可知作者很傲慢。這人來歷不凡——「昭明太子讀書處」的來歷——很傲慢。但埋得深，不要緊，淺淺的傲慢，要被人笑的。

> 我家後園的門一開，便望見高高的壽勝塔，其下是「梁昭明太子讀書處」，那個曠達得決計不做皇帝，卻編了部《文選》的蕭統，曾經躲到烏鎮來讀書。

魯迅：後園，兩棵棗樹。我：「後園的門一開，便望見高高的壽勝塔。」有共通處，寫法看似不一樣。「後園」、「門」、「塔」，三名詞。「一開」、「看見」，動詞——連繫起來了。其實這塔離我家還有一段路。不可想像的：哪有一打開後門就是高塔？大家寫作不要太老實。

烏鎮，又叫青鎮，後來又一半叫烏鎮一半叫青鎮，後來仍舊整個叫「烏鎮」，不知為什麼，我記得是這樣。

二段，忽然不寫塔了。按理應該寫下去的，卻寫起人事來（開篇那段，舉重若輕），說起烏鎮名的來由，「不知為什麼，我記得是這樣。」其實我知道的。但我寫少年時期，要有孩子氣。以下可以放慢了。

江南杭嘉湖一帶，多的是這樣的水鄉古鎮，方圍甚大，人丁興旺，然而沒有公路，更談不上鐵道，與通都大邑接觸，唯有輪船，小得很，其聲卜卜然，鄉人稱之為「火輪船」——那是三十年代前後……每聞輪船的汽笛悠然長鳴，鎮上的人個個憧憬外省外市的繁華風光，而冷僻的古鎮，雖也頗為富庶，頗能製造謠言和奇聞，畢竟百年孤寂，自生自滅。

慢慢說下去。三段。

「鎮」，要加個「古」字。抬起來了。「小鎮」？不行的。「其聲卜卜然」，是出〈赤壁賦〉中「其聲嗚嗚然」來。好得很，要用。「三十年代」，要加「前後」，範圍大了，可以進退。這樣表過，人物可以出場了。「烏鎮有個文人叫茅盾」，那不行，太傻了。

當已經成名的茅盾坐了火輪船，卜卜然地回到故鄉烏鎮，從來驚不皺一池死水，大家連「茅盾即沈雁冰」的常識也沒有，少數通文墨者也只道沈家裡的德鴻是小說家，「小說家」，比不上一個前清的舉人，而且認為沈雁冰張恨水顧明道是一路的，概括為「社會言情小說」，廣泛得很。

四段，成了名的茅盾，接「卜卜然」的輪船。

茅盾回家，旨在省母，也採點《春蠶》、《林家舖子》這類素材。他不必微服便可出巡，無奈拙於辭令，和人兜搭不熱絡，偶上酒樓茶館，旁聽旁觀而已，人又生得矮瘠，狀貌像一小商人，小商人們卻不認他為同夥。

五段，回家的目的，要寫得俐落。「不必微服便可出巡」，開開玩笑。

在烏鎮人的口碑上，沈雁冰大抵是個書呆子，不及另一個烏鎮文人嚴獨鶴，《申報》主筆，同鄉引為光榮，因為《申報》是厲害的，好事上了報，壞事報上了，都是天下大事，而小說，地攤上多的是，風吹日曬，紙都黃焦焦，賣不掉。

六段，很真實。是這樣的。從前《申報》主筆，還得了！

但也有人慕名來找沈雁冰，此人決意要涉訟，決意少花涉訟費，便緣親攀故地懇請茅盾為他做一張狀紙，茅盾再三推辭，此人再四乞求，就姑且允承下來，而這是需要熟悉律例和訴訟程序，還得教給當事人出庭時的口供，小說家未必精通此類八股和門徑，茅盾寫付之後，此人拿了去請土律師過目，土律師哈哈大笑，加上職業性的嫉妒，一傳兩兩傳三，「沈雁冰不會做狀紙」，成為烏鎮縉紳學士間歷久不衰的話柄，因為人們從來認為識字讀書的最終目的是會做狀紙，似乎人生在世，為的是打官司。

七段，「寫付」，可以了，不能「寫完之後交給某某」。真的。我小時候一天到晚聽說這事。

茅盾當然不在乎此，鷃雀何知鴻鵠之志，無非是落落寡合，獨步小運河邊，凝視混綠的流水在橋墩下迴旋，心中大抵構思著什麼故事情節，不幸被人發現而注意了，又傳開一則新聞：「沈雁冰在對岸上看河水看半天，一動勿動！」

八段，是我姊夫告訴我的，是恭維他的，說文學家到底不一樣。寫是寫茅盾，其實是寫烏鎮人什麼都不懂。

抗日戰爭時期，茅盾先生攜眷生活在內地，沈太夫人大概已經逝世，沈家的老宅，我三日兩頭要去，老宅很普通，一層樓，磚地，木櫺長窗，各處暗沉沉的，再進去，豁然開朗，西洋式的平房，整體淡灰色調，分外軒敞舒坦，這是所謂「茅盾書屋」了，我現在才如此稱呼它，沈先生不致自名什麼書屋的，收藏可真豐富——這便是我少年期間身處僻壤，時值戰亂，而得以飽覽世界文學名著的鄉嬛福地了。

九段，我是小輩，所以有時要加「茅盾先生」。前面提茅盾，口氣是烏鎮人在說他。「鄉嬛」，上帝的圖書館。

與沈氏究屬什麼故戚，一直不清楚，我母沈姓，從不敘家譜，只是時常聽到她評讚沈家太夫人的懿德睿智。茅盾輒患目疾，寫作《子夜》之際，一度眼疾大發，呆在鄉間鬱悶不堪，沈太夫人出了個主意：且赴上海，一邊求醫，一邊去交易所、證券大樓這些地方坐坐，閉了眼睛聽聽，對寫小說有幫助。茅盾就此如法炮製，果然得益匪淺，目疾既痊，「多頭」、「空頭」也瞭然胸中了——茅盾的回憶錄中大事表彰的「黃妙祥」，就這樣常來道說沈家事，又不知為什麼我叫他「妙祥公公」，黃門與沈門四代通家之好，形同嫡系，我的二表哥是黃門女婿——由此可見一個古老的重鎮，世誼宿親，交錯累疊，婚來姻去的範圍，不外乎幾大氏族，一呼百應，周旋固是順遂，恐怕也就是因循積弱的原委了。

十段，表表我與他的關係。真表，肉麻，不表，不算名堂。所以迷離惝恍。表多了，一下子收攏，是最後幾句的意思。老資格的樣子。既把人際關係，又把我與沈家的關係，清楚不清楚地交代了，否則你怎麼跑到他家書屋去。

我對沈氏的宗譜無知，對茅盾書屋的收藏有知，知到了把凡是中意的書，一批批拿回家來朝夕相對。

十一段，說明關係也者，就是要讀書。

事情並非荒唐，那年月，沈宅住的便是茅盾的曾祖父特別信任的黃妙祥一家人，也許是為「老東家」看守舊基吧，烏鎮一度為日本軍人勢力所控制，茅盾當然不回歸，黃家住著就是管著，關於書，常有沈氏別族子弟來拿，不賞臉不行，取走則等於散了，是故借給我，便算是妥善保存之一法，說：「你看過的書比沒有看過還整齊清爽。」那是指我會補綴裝訂。世界文學經典是誠惶誠恐的一類，高爾基題贈、巴比塞們簽名惠寄的是有趣的一類，五四新文藝浪潮各路弄潮兒向茅盾先生乞政的是多而又多的一類，不少是精裝的，版本之講究，在中國至今還未見有超越者，足知當年的文士們確鑿曾經認真，曾經拚力活躍過好一陣子。古籍呢，無甚珍版孤本，我看重的是茅盾在圈點、眉批、注釋中下的功夫，茅盾的傳統文學的修養，當不在周氏兄弟之下。看到前輩源遠流長的軌跡，幸樂得彷彿真理就在屋脊上，其實那時盤旋空中的是日本轟炸機，四野炮聲隆隆，俄而火光沖天，我就靠讀這許多夾新夾舊的書，滿懷希望地度過少年時代。十四五歲，不幸胸腹有疾，未能奔赴前線，聽那些長於我健於我的青年們聚在一起，吹口琴，齊唱「五呼月的鮮花，開遍了原唉野，鮮花啊掩蓋著志兒士的鮮血……」覺得很悲壯，又想，唱唱不是最有用，還是看書吧。

十二段，第一次發表中，有句是「古籍本我家比沈家多」，後來想想，何必賣弄，去掉了。唱詞中加入「唉」、「啊」，有味道，莫名其妙。魯迅也加的。

抗日戰爭忽然勝利，我的宿疾竟也見療，便去上海考進一家專科學校，在文藝界集會上見到茅盾先生，老了不少，身體還好，似乎說仍住在山陰路。不久黃妙祥的獨生子阿全自烏鎮來，約我去沈雁冰家敘舊，有什麼舊可敘呢，我一直不要看他的小說，茅盾能背誦《紅樓夢》?半信半疑，實在很滑稽。阿全說：「雁冰還記得，我提起你，他說『是不是那個直頭直腦的』，去吧，去看看他又不會吃虧的。」我也記得曾經問過茅盾，是不是在日本真的開過豆腐店，隔了十年，再問點什麼？

十三段，故意把我的病和抗戰夾在一起。茅盾問我是否那直頭直腦的，我問他是否在日本開過豆腐店，都是沒有的事。老老實實寫，沒什麼好寫的。

似乎是夏天，初夏，一進茅盾的臥室兼書房，先入眼的是那床簇新的台灣席，他穿中式白綢短衫褲，黑皮拖鞋，很高興的樣子，端出茶，巧克力，花旗蜜橘。

十四段，「似乎是夏天」，回憶就這樣。茅盾家中的台灣蓆，茅盾的穿著，都是真的——全是真的，不真；全不真，也不真。

「我一直以為作家都窮得很？」發此言是鑑於當時在上海吃花旗蜜橘是豪奢的。

十五段，其實我沒問過。我沒那麼傻。要寫前面那直頭直腦，但不用「我」字。話必然是我問的。

茅盾答道：「窮的時候，你沒有看見。」

十六段，很合茅盾身分，其實他沒有說這話。

記得我只喝了茶。他和阿全談烏鎮的家常事——牆上的筆插是用牛皮紙摺出三層袋，釘起來，幾枝大概很名貴的狼毫，斜簽著，其他是信，應該稱為信插，類似烏鎮一般小商店帳房中所常見的。

十七段，我東看西看，但不必寫出這幾個字，忽而寫到牆上就行。

他逗我談話了，我趕緊問：

「為什麼沈先生在臺上講演時，總是『兄弟，兄弟』？而且完全是烏鎮話？聽起來我感到難為情！」兒時稱他「德鴻伯伯」，此時不知何故礙於出口，便更作「沈先生」。

十八段，也沒問這句話。但心裡想問。稱呼問題上，心理上，很真實。

「我不善講演，真叫沒有辦法，硬了頭皮上臺，國語就學不好，只有烏鎮話，否則發不了聲音呀。」

他的誠懇，使我聯想起那些書上的小楷眉批。

十九段，他也沒說過這些話。但是就是一聲不響東看西看。只有一事是真的：不要他給書上簽名。

「那末『兄弟兄弟』可以不講？」我像是有所要求。

「是的，也不知什麼時候惹上了這個習氣，真的，不要再『兄弟兄弟』了。」

二十段、二十一段，這些對話都是沒有的，都是創作。我也沒提要還書。心裡是想占為己有，他也根本沒有提——沈夫人問茅盾演講給多少錢，是真的。

我忽然想到下次還是可能在什麼文藝集會上聽到他的「兄弟——」，便提前笑起來，而且又問道：

「為什麼西裝穿得那麼挺括？」

「我人瘦小，穿端正些，有點精神。」

這一解答使我滿意，並代他補充：

「留鬍子也是同樣道理吧，周先生也適宜留鬍子。」

「他的濃，好。」

「周先生的文章也濃，沈先生學問這樣好，在小說中人家看不出來。」

「用不上呀，知識是個底，小說是面上的事。你寫什麼東西嗎？」

「寫不來，我畫畫。」

「阿全說你很喜歡看書？」

「沈先生在烏鎮的書，差不多全被我借了，你什麼時候回烏鎮，或者阿全伯伯這次轉去就叫我家裡派人送還。我一本也沒有帶出來。」

「房子要大修，以後再講吧，聽說你保管得很好，你這點很好，很好的。」

「沈先生勿喜歡講演，何必每次都要上臺去。」

茅盾夫人過來沏茶，插話道：

「德鴻，他們叫你去講演，一次給多少錢？」

茅盾揮揮手：「去去，不要亂問。」

當時我是個自許思想進步的學生，卻不甚清楚這種講演的使命，每見其窘扼之狀，但願他有辦法脫卻困境。

我不懂小說作法，茅盾先生無興趣於圖畫，沈夫人則難解講演之義務性，阿全是泰興昌紙店老闆，對小說圖畫講演概不在意，性嗜酒，外號「燒酒阿全」，坐在一旁快要睡著了，我說要告辭，他倒提醒我：「你可以討幾本書啊！」

「要什麼書？說吧！」茅盾先生拉我到一個全是他新版著作的櫃子前，我信手抽了本《霜葉紅似二月花》。

「要題字嗎？」

「不要了不要了。」我就此鞠躬，退身，下樓梯。

茅盾夫婦在樓梯口喊道：「下次再來，下次來啊！」

走完樓梯，阿全悄聲問我：「你怎麼叫他沈先生？」

「因為他是文學家哪。」其實我根本不是這個意思。

《霜葉紅似二月花》也和茅盾其他的書一樣，我看不下去。

直到後來，才漸漸省知我的剛愎的原委——森嚴的家教中我折磨過整個童年少年，世俗的社交，能裕然進退合度，偏偏是面對文學前輩，我一味莽撞，臨了以為「題字」豈不麻煩，說「不要了不要了」是免得他拔筆套開墨匣……之所以肆意發問，倒是出於我對茅盾先生有一份概念上的信賴，不呼「伯伯」而稱「先生」，乃因心中氤氳著關於整個文學世界的愛，這種愛，與「伯伯」、「蜜橘」、「題字」是不相干的，這種愛是那書屋中許許多多的印刷物所集成的「觀念」，「觀念」就賦我「態度」，頭腦裡橫七豎八積滿了世界諸大文學家的印象，其間稍有空隙，便掛著一只只問號，例如，聽到什麼「中國高爾基」、「中國左拉」，頓時要反質：為何不聞有「俄國魯迅」、「法國茅盾」的呢？

都知道繼往是為了開來，這本是很好很不容易很適宜於茅盾一輩文學家擔當的。《幻滅》、《動搖》、《追求》時期，僅是個試驗。《子夜》時期，成則成矣，到頭來遠幾步看，那是一大宗概念的附著物。《腐蝕》時期，茅盾漸臻圓熟，然而後來，後來呢，五十年代，六十年代，七十……應是黃金創作期，他擱筆不動，直到日薄西山，才匆匆趕製回憶錄，可謂殫精竭力，實則是文學之餘事，他所本該寫、本能寫的絕不是這樣一部煩瑣的自然主義的流水帳，文學畢竟不是私人間的敘家常，敘得再縝致也不過是一家之常而已。

茅盾的文學起點扎實，中途認真努力過來，與另外的頹壁斷垣相較，就儼然一座豐碑。難釋的悵憾是：虛度了黃金寫作期，自己未必有所遺恨，至少在「回憶錄」中滔滔泛泛而不見有一言及此義者。

獲麟就絕筆，那是千年前的倔脾氣，現代人已知道麒麟可能就是長頸鹿，捉住了關進動物院，與哲學文學是毫無象徵性的——從茅盾的最後趕製回憶錄的勁道來看，他的寫作欲望和力量無疑是有的，那末……

那末如果有人說：

「這是值得沉思的啊！」

那末我說：

「你深思過了沒有？」

我彷彿又聽到輪船的汽笛悠然長鳴……

傳聞烏鎮要起造「茅盾圖書館」，這是好事向上的事。可惜那許多為我所讀過、修整裝訂過的書，歷經災禍，不知所終了，不能屬於一代又一代愛書的人們了。

睽別烏鎮四十餘年，如果有幸回歸，定要去「茅盾圖書館」看看，問問，藏有多少書，什麼人在看什麼書。

壽勝塔諒必已經倒掉，昭明太子讀書處自然也隨之夷為平地。烏鎮應有新一代新二代的兄弟是可愛的。「兄弟，兄弟」，在純貞的意義上值得含笑稱呼。倘若先限於「文學的範疇」，那末這個稱呼就更親切，更耐人尋味而非尋遍範疇不可了。

分別情形，也是真的。

篇末，把他的「兄弟，兄弟」——那是國民黨說話的習慣——用到文字上去。

〈塔下讀書處〉之前，我沒有寫過這類東西，都是「洋派頭」。難在一個小孩子在看。

要掌握這個距離。

第二講｜再談沙特，兼自己的作品

〈九月初九〉

一九九三年三月二十一日

開頭。一篇文章，你要動手寫，全部精力要定在頭一句。

要用力氣，所謂用力，就是舉重若輕。

大家自己對自己，要落落大方。

所謂健康，是多少病痛積成的，麻木，是多少敏感換來的。

「文學演奏會」第二講筆錄原件

*〈九月初九〉，收錄於「木心作品集」《哥倫比亞的倒影》p.17-27。

上次講自己作品，據說大家喜歡聽。今天一半一半，上半堂課繼續講沙特，下半堂課講我的〈九月初九〉。

再談沙特（略）。休息。

〈九月初九〉，寫在一九八四年。我還沒重看一遍。用現在的觀點看，要修改了。但有的作品，我就讓它去。

談中國的人和自然，真在題目上標榜，太學究氣。想來想去，取「九月初九」，秋高氣爽，登高，念舊。

起初投《中國時報》（編按：台北）。居然一年不發表。我沒有退稿紀錄，結果去要求退稿。退回了。據說，是編輯認為我在文章裡的觀點是不對的。結果寄給《聯合報》（編按：台北）的痖弦，馬上發了。

有這樣的事。

〈九月初九〉

中國的「人」和中國的「自然」，從《詩經》起，歷楚漢辭賦唐宋詩詞，連綰表現著平等參透的關係，樂其樂亦宣洩於自然，憂其憂亦投訴於自然。

開頭。一篇文章，你要動手寫，全部精力要定在頭一句。中國從前叫做「破題」。一法是正面破題，一法是意外的側面的來。我這次用的是前一法。整篇文章都在寫「連綰表現著平等參透的關係」。用這一法，就要吃得準，拿準了，寫下去。

把整個題破掉，一般說，這種破法是傻的。但我把謎底拎在前面是比較大膽的——你得估量你在後面有足夠的東西可以發揮。

「樂其樂……憂其憂」，是托前面一句主題。用了「宣洩」、「投訴」這樣的詞。借范仲淹名句。

在所謂「三百篇」中，幾乎都要先稱植物動物之名義，才能開誠詠言；說是有內在的聯繫，更多的是不相干地相干著。學士們只會用「比」、「興」來囫圇解釋，不問問何以中國人就這樣不涉卉木蟲鳥之類就啟不了口作不成詩，楚辭又是統體蒼翠馥郁，作者似乎是巢居穴處的，穿的也自願不是紡織品。

「三百篇」，加「所謂」二字，是「大概」的意思。這一段，是文雅的借用，不能老老實實自己講起來。後來的俏皮話（說漢賦緣等），要好心，不能油滑。寫「作者」而他不點「屈原」，點名，太重了。寫他們，要敬愛。

漢賦好大喜功，把金、木、水、火邊旁的字羅列殆盡，再加上禽獸鱗介的譜系，彷彿是在對「自然」說：「知爾甚深。」

到這兒，馬上底下要豎點真功夫出來。「漢賦好大喜功，把金、木、水、火、土邊旁的字羅列殆盡……」從前，漢賦等於字典。許多字只能到漢賦裡去查。但這一層，當然不能說。

直到對自然彷彿「知爾甚深」，可以語氣停一停，轉到唐代。

到唐代，花濺淚鳥驚心，「人」和「自然」相看兩不厭，舉杯邀明月，非到蠟炬成灰不可，已豈是「擬人」、「移情」、「詠物」這些說法所能敷衍。

引詩，我不喜歡引原詩。要改裝過。接二連三要拿出東西來。

宋詞是唐詩的「興盡悲來」，對待「自然」的心態轉入頹廢，梳剔精緻，吐屬尖新，儘管吹氣若蘭，脈息終於微弱了。

「吐屬尖新」、「吹氣若蘭」，正好形容宋詞。（舉曹操三十里「絕妙好辭」的典故。惜未記。）[1]

第一長段，有個細的東西藏在裡面：是押韻的。我反對用韻。反對用韻，用起來就好。

接下來大概有鑒於「人」與「自然」之間的絕妙好辭已被用竭，懊惱之餘，便將花木禽獸幻作妖化了仙，煙魅粉靈，直接與人通款曲共枕席，恩怨悉如世情——中國的「自然」寵幸中國的「人」，中國的「人」阿諛中國的「自然」？孰先孰後？孰主孰賓？從來就分不清說不明。

說到唐以後，明清就不必一一舉了，一句「接下來」，就講下去（明清筆記中，自然與人睡在一起，還生孩子）。

第二長段，講到儒、道、釋，涉哲學範疇了。

儒家既述亦作，述作的竟是一套「君王術」；有所說時盡由自己說，說不了時一下子拂袖推諉給「自然」，因此多的是峨冠博帶的耿介懦夫。

1 《世說新語．捷悟》，曹操途經曹娥碑。石碑背面有謎面曰：「黃絹、幼婦、外孫、齏臼」。曹操問楊修是否知道謎底。楊修說：「知道。」曹操說：「你先別說，等我想想。」走出三十里地，曹操說：「我知道了。」他和楊修各自寫出答案：「黃絹，有色的絲織品，是『絕』字；幼婦，少女的意思，是『妙』字；外孫，是女兒的孩子，是『好』字；齏臼，承受、搗碎辛辣調料的器具，是『辭』字。連起來，是『絕妙好辭』。」曹操不由感歎：「我比不上楊修，三十里後才明白。」——編按儒家，其實是既述又作，講的是一套君王術。除了孟子講講人民，孔子他們一句不說。「峨冠博帶」，古人有句「君子死，不免冠」。子路被殺得遍體鱗傷，還掙扎去抱回帽子。

格致學派在名理知行上辛苦湊合理想主義和功利主義，糾纏瓜葛把「自然」架空在實用主義中去，收效卻虛浮得自己也感到失望。

格致學派，指理學家。他們是理學家，又是理想主義，又是功利主義，那是不行的。

釋家凌駕於「自然」之上，「自然」只不過是佛的舞臺，以及諸般道具，是故釋家的觀照「自然」遠景終究有限，始於慈悲為本而止於無邊的傲慢——

對佛教的判斷：「始於慈悲」，「止於無邊的傲慢。」開始是慈悲，最後是「天上地下，唯我獨尊」。

粗粗比較，數道家最乖覺，能脫略，近乎「自然」；中國古代藝術家每有道家氣息，或一度是道家的追慕者、旁觀者。道家大宗師則本來就是哀傷到了絕望、散逸到了玩世不恭的曝日野叟，使藝術家感到還可共一夕談，一夕之後，走了。（也走不到哪裡去，都只在悲觀主義與快樂主義的峰迴路轉處，來來往往，講究姿態，仍不免與道家作莫逆的顧盼。）

（野叟，吃水芹菜，曬曬太陽……）

然而多謝藝術家終於沒有成為哲學家，否則真是太蕭條了。

我早就有藝術家不能當哲學家的想法。康德要是做音樂家多好，二律背反一定很好聽，小提琴、鋼琴一起來。

休息。

我說，〈九月初九〉寫得好。

木心：「這是下策。我何以出去幹這種事情，粉墨登場。我喜歡的是做陶淵明那樣的事。」又說，「當時你說，你把它寫出來。我只好給自己出難題」，「要用力氣，所謂用力，就是舉重若輕」。

「自然」對於「人」在理論上、觀念上若有誤解曲解，都毫不在乎。野果成全了果園，大河肥沃了大地，牛羊入欄，五糧豐登，然後群鶯亂飛，而且幽階一夜苔生——野果，自然，果園，人工。大河本來不是為了肥沃土地，可是你人要肥沃，就來肥沃。「然後，群鶯亂飛」，開玩笑了。

歷史短促的國族，即使是由衷的歡哀，總嫌浮佻膚膺，畢竟沒有經識過多少盛世凶年，多少鈞天齊樂的慶典、薄海同悲的殤禮，尤其不是朝朝暮暮在無數細節上甘苦與共休戚相關，即使那裡天有時地有利人也和合，而山川草木總嫌寡情乏靈，那裡的人是人，自然是自然，彼此尚未涵融尚未鍾毓……海外有春風、芳草，深宵的犬吠，秋的丹楓，隨之綿衍到煎魚的油香，鄰家嬰兒的夜啼，廣式蘇式月餅。大家都自言自語：不是這樣，不是這樣的。心裡的感喟：那些都是錯了似的。因為不能說「錯了的春風，錯了的芳草」，所以只能說不盡然、不完全……異邦的春風旁若無人地吹，芳草漫不經心地綠，獵犬未知何故地吠，楓葉大事揮霍地紅，煎魚的油一片汪洋，鄰家的嬰啼似同隔世，月餅的餡兒是百科全書派……就是不符，不符心坎裡的古華夏今中國的觀念、概念、私心雜念……鄉愁，去國之離憂，是這樣悄然中來、氤氳不散。

前段一本正經，所以在第三段多寫日常生活細節，但要和前面調和，細緻的描寫，要和去國的大愁連在一起。

中國的「自然」與中國的「人」，合成一套無處不在的精神密碼，歐美的智者也認同其中確有源遠流長的奧祕；中國的「人」內充滿「自然」，這個觀點已經被理論化了，好事家打從「烹飪術」上作出不少印證，有識之士則著眼於醫道藥理、文藝武功、易卜星相、五行堪輿……然而那套密碼始終半解不解。

寫到「精神密碼」，要用點「現代」寫法了。

因為，也許更有另一面：中國的「自然」內有「人」——

到中國的「自然」裡有「人」，點出自己的看法。

誰蒔的花服誰，那人卜居的丘壑有那人的風神，猶如衣裳具備襲者的性情，舊的空鞋

都有腳……

「誰蒔的花服誰」，輕輕寫，一步步寫。寫到舊鞋「都有腳」，總該服了吧。

古老的國族，街頭巷尾亭角橋塊，無不可見一閃一爍的人文劇情、名城宿跡，更是重

重疊疊的往事塵夢，鬱積得憋不過來了，幸虧總有春花秋月等閒度地在那裡撫恤紓解，透一口氣，透一口氣，這已是歷史的喘息。稍多一些智慧的人，隨時隨地從此種一閃一爍重重疊疊的意象中，看到古老國族的輝煌而襤褸的整體，而且頭尾分明。

寫到「古老國族的輝煌而襤褸的整體」，與「腳」對應。寫到這兒，可以歇歇，抽口菸，想，這小子還聰明。

古老的國族因此多詩、多謠、多髒話、多軼事、多奇談、多機警的詛咒、多傷心的俏皮絕句。茶、菸、酒的消耗量與日俱增……唯有那裡的「自然」清明而殷勤，亙古如斯地眷顧著那裡的「人」。大動亂的年代，頹壁斷垣間桃花盛開，雨後的刑場上蒲公英星星點點，瓦礫堆邊松菌竹筍依然……總有兩三行人為之駐足，為之思量。而且，每次浩劫初歇，家家戶戶忙於栽花種草，休沐盤桓於綠水青山之間——可見當時的紛爭都是荒誕的，而桃花、蒲公英、松菌、竹筍的主見是對的。

另外（難免有一些另外），中國人既溫暾又酷烈，有不可思議的耐性，能與任何禍福作無盡之周旋。在心上，不在話下，十年如此，百年不過是十個十年，忽然已是千年了。苦悶逼使「人」有所象徵，因而與「自然」作無止境的親暱，乃至熟昵而狡黠作狎了。至少可先例兩則諧趣：金魚、菊花。自然中只有鮒、鯽，不知花了多少代人的寶貴而不值錢的光陰，培育出婀娜多姿的水中仙侶，化畸形病態為固定遺傳，金魚的品種歎為觀止而源源不止。野菊是很單調的，也被嫁接、控制、盆栽而籠絡，作紛繁的形色幻變。菊花展覽會是菊的時裝表演，尤其是想入非非的題名，巧妙得可恥——金魚和菊花，是人的意志取代了自然的意志，是人對自然行使了催眠術。中庸而趨極的中國人的耐性和猾癖一至於此。亟待更新的事物卻千年不易，不勞費心的行當幹了一件又一樁，苦悶的象徵從未制勝苦悶之由來，叫人看不下去地看下，看下去。「自然」在金魚、菊花這類小節上任人擺布，在阡陌交錯的大節上，如果用「白髮三千丈」的作詩方法來對待莊稼，就注定以顆粒無收告終，否則就不成其為「自然」了。

從長歷史的中國來到短歷史的美國，各自心中懷有一部離騷經，「文化鄉愁」版本不一，因人而異，老輩的是木版本，注釋條目多得幾乎超過正文，中年的是修訂本，參考書一覽表上洋文林林總總，新潮後生的是翻譯本，且是譯筆極差的節譯本。更有些單單為家鄉土產而相思成疾者，那是簡略的看圖識字的通俗本——這廣義的文化鄉愁，便是海外華裔人手一冊的離騷經，性質上是「人」和「自然」的駢儷文。然而日本人之對櫻花、俄羅斯人之對白樺、印度人之對菩提樹、墨西哥人之對仙人掌，也像中國人之對梅、蘭、竹、菊那樣的發呆發狂嗎——似乎並非如此，但願亦復如此則彼此可以談談，雖然各談各的自己。從前一直有人認為癡心者見悅於癡心者，以後會有人認知癡心者見悅於明哲者，明哲，是癡心已去的意思，這種失卻是被褫奪的被割絕的，癡心與生俱來，明哲當然是後天的事。明哲僅僅是亮度較高的憂鬱。

中國的瓜果、蔬菜、魚蝦……無不有品性，有韻味，有格調，無不非常之鮮，天賦的清鮮。鮮是味之神，營養之聖，似乎已入靈智範疇。而中國的山山水水花花草草之所以令人心醉神馳，說過了再重複一遍也不致聒耳，那是真在於自然的鍾靈毓秀，這個俄而形上俄而形下的諦旨，姑妄作一點即興漫喻。譬如說樹，砍伐者近來，它就害怕，天時佳美，它枝枝葉葉舒暢愉悅，氣候突然反常，它會感冒，也許正在發燒，而且咳嗽……凡是稱頌它的人用手撫摩枝幹，它也微笑，它喜歡優雅的音樂，它所尤其敬愛的那個人歿了，它就枯槁折倒。池水、井水、盆花、圃花、犬、馬、魚、鳥都會戀人，與人共幸蹇，或盈或涸，或茂或凋，或憔悴絕食以殉。當然不是每一花每一犬都會愛你，道理正如不是每個人都會愛你那樣——

要留餘地。當然不是每一花每一犬愛你，正如不是每一人愛你一樣。要懂得自己脫身。

如果說茲事體小，那麼體大如崇嶽、莽原、廣川、密林、大江、巨泊，正因為在汗漫歷史中與人曲折離奇地同褒貶共榮辱，故而瑞徵、凶兆、祥雲、戾氣、興緒、衰象，無不似隱實顯，普遍感知。粉飾出來的太平，自然並不認同，深諱不露的歹毒，自然每作昭彰，就是這麼一回事，就是這麼兩回事。中國每一期王朝的遞嬗，都會發生莫名其妙的童謠，事後才知是自然借孩兒的歌喉作了預言。所以為先天下之憂而憂而樂了，為後天下之樂而樂而憂了；試想「先天下之憂而憂」大有人在，怎能不忍然心喜呢，就怕「後天下之樂而樂」一直後下去，誠不知後之覽者將如何有感於斯文——這些，也都是中國的山川草木作育出來的，迂闊而摯烈的一介鄉愿之情。沒有離開中國時，未必不知道——離開了，一天天地久了，就更知道了。

到最後一段，又從小問題拉到大問題（江河、巨泊等等），末尾兩句，不必像主題那樣正面，平實，講完。

大家自己對自己，要落落大方。

再聽我講也沒用，一定要自己寫。

所謂健康，是多少病痛積成的，麻木，是多少敏感換來的。

第三講　續談沙特，兼自己的作品

〈S. 巴哈的咳嗽曲〉
《散文一集》序
〈明天不散步了〉

一九九三年四月四日

在正經的場合，想到很不正經的事，很難控制。杜斯妥也夫斯基上刑場，注意到衛兵第三個銅扣生鏽了。

很委屈的。沒有人來評價注意這一篇。光憑這一篇，短短一篇，就比他們寫得好。五四時候也沒有人這樣寫的。
幸虧那時寫了。現在我是不肯了。何必。

天使，魔鬼，一屬天堂，一屬地獄，都是有單位的。精靈是沒有單位的。你找他，他走了，你以為他不在，他來了。
我在藝術上求的是精靈這種境界。

「文學演奏會」第三講筆錄原件

＊〈S. 巴哈的咳嗽曲〉，收錄於「木心作品集」《愛默生家的惡客》p.89-98。
＊《散文一集》序，收錄於「木心作品集」《即興判斷》p.224-232。
＊〈明天不散步了〉，收錄於「木心作品集」《哥倫比亞的倒影》p.156-166。

今天把沙特講完——後半課還是講我的作品，大家選擇講哪篇。

續談沙特（略）。休息。

大家選《散文一集》（台灣版）文章請木心講。每人提的篇幅不一樣。金高選〈明天不散步了〉，殷梅選〈　〉（未記），李全武選〈　〉（未記），丹青選〈S.巴哈的咳嗽曲〉。

木心決定講〈S.巴哈的咳嗽曲〉。

「S.巴哈」，要分好幾個巴哈——題目，要起得清楚。「咳嗽曲」，不通的。所以一看是俏皮的。我是想用不著轉彎，不用寫「賦格」之類。要輕，要快，所以「S.巴哈的咳嗽曲」。

〈S.巴哈的咳嗽曲〉

冬夜（大雪之後）。

一開始，「冬夜（大雪之後）」。快，以最快的速度。但不是無的放矢。大雪後容易感冒，咳嗽。快，但是作者心還是很細。

林肯中心，梅紐沁獨奏。（友人早早買了五張票，票上八時入場。七時找出兩張，車程約四十五分鐘，我們最終是三個人，還得上廁所……我們說了，也就入場如儀。美國至少有這點文明。當然三個人活該坐在三個角落。節目單來不及拿，也是忘了拿。）

第二段，還是快，簡單。接著又是括弧，因為是次要的。但情節要交代清楚，爽利。當中忽然寫「還得上廁所」，要把轉折中細節扯開一句。「節目單來不及拿，也是忘了拿」，很真實的。

第一是 Sonata 形式的，竟聞所未聞，竟把德布西聽成了是德布西逝世一二十年後的人寫的，我的無知多可怕。聽眾咳嗽，悄然如空谷兩三跫音。

接下來安安心心講，講節目，其中「我的無知多可怕」，伏筆，下面說明作者很懂提出咳嗽。

下一段又用括弧。前面已經用兩次，索性多用，不使前面孤零零。括弧有點像小提琴的弱音器，講講話中某一句語氣輕。「鋼琴也推到後臺去」，說明作者細膩。

第二是巴哈的，Partita No.2，記得是D調，可愛的純粹的小提琴獨奏。（鋼琴也推到後臺去，美國至少有這點認真，或梅紐沁認真。）

下段用「亮麗的」，諷刺台灣用語。但這種效果不是穩拿，很可能不中，也不要緊。

全場此起彼落的咳嗽聲此落彼起——真心誠意的，像海的浪花，或草原上散布的野花，亮麗的。

下段，怪自己聽咳嗽，孩子氣的自我俏皮。

此演奏廳的音響效果之佳顯示出來，咳嗽多清晰，多傳神，梅紐沁也拉得好。我一味地責怪自己一味地去聽咳嗽。看海的時候，先見浪花。羊齧草，我也這樣這樣採白的黃的花……

下段，說笑話。

在正經的場合，想到很不正經的事，很難控制。杜斯妥也夫斯基上刑場，注意到衛兵第三個銅扣生鏽了。

何不在家咳完了再來，何不將咳嗽存在銀行裡。古典音樂會不致達旦，散場，一起總咳嗽，豈非更心曠神怡。

下段說到G弦，也說明作者懂音樂。

梅紐沁一聲不咳地拉這曲漫長的Partita，五個樂章令人同情，而自始至終絕妙，就只中途調了調G弦，緊了一下弓，此外堪稱完美。

下段：「博愛平等自由……成功」，是警句（而且要加「之感」），但還得加上後面兩句，否則不夠到位。

幕間休息，全場咳嗽大作，有博愛平等自由革命成功之感，除了不咳嗽的，其他全咳了。

後面要料理結束，音樂很懂，這種結局沒有人提出過。蕭邦聰明，不入那一套——已經通向結束，理性，硬的一筆。

第三是弦樂重奏，還是可說是梅紐沁小提琴獨奏音樂會。修培爾特不對，樂章的安排不對，第一章就是交響樂交響詩的料。十九世紀，如果要談每個世紀各有各的聰明各有各的蠢笨，十九世紀音樂家在設計樂章上表彰了相當的蠢笨，誰能例外，貝多芬不例外，布拉姆斯也許危危險險倖免。

下段結束了，又要揪住咳嗽（結束後的不咳嗽，說明先前咳嗽是神經性的）。

而最完美的是謝幕之頃，熱烈的掌聲（尤其前排的一群不穿晚禮服的老太太），熱烈的掌聲淹沒了咳嗽聲，我仔細辨別，那時，即梅紐沁謝幕時，不是掌聲淹沒了咳嗽聲——沒有一個人咳嗽。

最後一句，「我起誓」，西方式的，希臘人喜歡起誓。

我起誓，是沒有的。

好久不讀這篇。今天讀讀，這小子還可以。很委屈的。沒有人來評價注意這一篇。光憑這一篇，短短一篇，就比他們寫得好。五四時候也沒有人這樣寫的。

幸虧那時寫了。現在我是不肯了。何必。

這本散文集是粉墨登場，勉為其難。如果從〈大西洋〉篇看，我的起點太低。所以在「序」上要給人看點分量，後面的「跋」就多餘（出書後懊悔難過）。以後再編書，可以去掉許多篇。

我想創造一個紀錄：不像一般序，成一個獨立的散文。

中國書序言，往往請人寫。古書中不乏好序，很得體。新文化運動以來，以魯迅的序最好，跋、後記，都好。但他不把這些作為文學作品看，還不完全自覺。「序」應該寫成像一個蛋糕上的櫻桃。

《散文一集》序

漁民的目的物是魚，門前的沙灘上，鋪曬著巨網，陽光直照，淡淡的海腥，生活清閒得多了，用機動船作業，英國的漁民都這樣。東南部蘇佛克郡（Suffolk），位於北海的奧爾德堡之濱，漁民村，銳角下斜的屋頂，為了冬季積雪融落得快些，桁梁用粗糙的原木構成各式格子，可謂歐羅巴古風。

首段，不止一個氣氛。「漁民的目的物是魚」，誰不知道？所以可以寫。現在常常「眾所周知」，那麼不用你寫了。

英國蘇佛克郡，我沒去過，用資料用得好，比去過還好。

去過了，外文不懂，東西太多，反而不好寫。

行不多時，就進城了，那些神色不定的遊客，見之心煩，全靠本地居民的藹藹晏晏，使這裡顯得可以小住一週。空氣似乎特別清新，也是街上行人稀少的緣故，明知這裡不發生盜劫案，所以夏天的傍晚……黃昏……靜謐的氛圍層層深去，夜涼如水，是指如水之澄澈。倘若置身酒吧，煙霧醇氣瀰漫，好像要快樂就得這個樣子。中國的「哈爾濱」，這個名字的意譯是「曬網場」，也多漁網，也流行抽菸飲酒，還有不少打靶場，還有一條「馬街」，沒有馬。中國的北方大都吃粗糧，怎麼辦呢，啤酒是液體麵包，反正我停不了幾天。酒店在哪裡？空跑了一個多小時，只好開口問，才知道凡門口掛有彩色紙球，好歹是賣酒的，難怪沿路時見此種日曬褪色的打裥的紙球高懸楣梁，門和窗倒是關著的，竟是酒店。

二段，進城，但不用「我」。這種寫法，可使讀者不知不覺變成「我」。「使這裡顯得可以小住一週」，前面那幾句才算到位。「空氣似乎特別清新」，要寫「似乎」，否則太重。「好像要快樂就得這個樣子」，這句子，魯迅會喜歡的。

忽然轉到「哈爾濱」，但馬上轉回「漁網」，之後又宕開，寫到打靶場、馬街——寫到這兒最開心。

推門，一進入便想回身——裡面暗，亂，菸氣酒味的第一感覺是它們的劣質，那沉甸甸的悶熱更其擯人——我是退出來了。

到三段，又提到酒，和前面的酒吧呼應（自己讀自己，發現我的人是成熟了。一個尖酸刻薄的人，寬宏大量了，去寫，才寫得好）。

如此三進三退，除非不欲以啤酒充飢，否則就得在第四家進而不退。在第四家找了一張臨窗的小板桌，後窗，窗外汙黑的雜物堆得只露一塊手掌般大的天空。我身上除了汗還是汗，夏日正午，多走了路，這酒店好比蒸籠烤箱——也許會死在哈爾濱。

「在第四家找了一張臨窗的小板桌」，這是方法。要一下子把細節帶出來。不要什麼「找到第四家，在後窗邊找到一張小板桌」。

「也許會死在哈爾濱」，一個老流浪漢的感覺。我是很脆弱的，少爺出身，當時真這樣想。但不會死的，寫寫的，因為是伏筆，但不能讓人看出來。

要了一公升啤酒，一碟炸青蛙，別的就只有烙餅，絕不接受這種超乎想像的烙餅，鐵餅。青蛙本來瘠小，油炸後，無肉可啃——又想走了。

寫青蛙肉，要這樣溫柔體貼、尖酸刻薄地去寫。

除非立即離開哈爾濱，而要辦的事沒辦完。看別人，另一角的少婦，她的左腿盤在凳上，右腿屈膝，豎以擱肘，抽紙菸，一口，一口，手勢分明，碗中想必是白乾，輕輕端起，啜呷有聲，放下時碗底著桌似乎太重了……扯點兒烙餅，孜孜咀嚼，卻已噙落——確實是絕妙的示範，大意是：您也應當如此，您也是一個人麼。

引一少婦。「看別人」要簡捷，這段很寫實。「碗中想必是白乾」，要「想必」，人家碗中，你怎麼知道？放碗時「似乎太重」，也要加「似乎」。

奇怪的是我竟徐徐順從她的無聲之諫，開始喝啤酒，啃青蛙腿——感覺自己在履行一項德行。

老闆、酒保縮在緊底。另外三張桌子，有男客堆圍，面顏衣色槁晦難辨，偶一欠動，才知他們也在飲酒抽菸，而且談話，像是我的耳膜鬆弛了，這樣近的人的聲音這樣遠，意義不明，他們說的都是「斷面」，自有一個共知的整體，只要出示斷面，彼此了然心中。

那少婦——中國南方從不見有上酒店獨酌的女人——時而全跏，時而半趺，一口一口手勢分明地抽菸，手勢也很分明地飲酒，在南方是沒有的。

「時而全跏，時而半趺」，用一用老字，但不賣弄。「手勢也很分明地飲酒」，再多一次，手法高明了。

哈爾濱還有些灰色的樓房，在那裡算是很高了，屏風般列在一起，前面便是空空的黃沙地，樓房的外牆上，宛如鷹架，構著黑鐵的露天扶梯，曲曲折折，好像很幸福，晾滿衣裳，飄得很厲害，使我想起「米蘭」，後來在米蘭並沒看到與之類同的景象，何以哈爾濱的曲曲折折的黑鐵露天扶梯使我想起米蘭……

寫哈爾濱像米蘭一段，懶洋洋，有些莫名其妙的東西，就莫名其妙地寫下來，其中是有深意的。

一公升啤酒，味似馬尿，其實誰能說出馬尿是怎樣的，而且半公升入肚，飢餓已止，驀然驚喜，木窗外，堆著汙穢雜物，畢竟有空隙，風吹進來，小的，碎的涼風，也一絲絲，一陣陣，坐在這裡是可以的，風這樣吹我，有風這樣吹，我能坐下去，喝下去，剛來時就是這樣的，感覺不到罷了，幸虧聽順那女人的諫言，餓已止，汗將收盡，青蛙的腿不必啃，連骨嚼就是，有鹹的肉味，油炸的焦香，汙穢的雜物的空隙，不止一塊手掌般大的藍天，另有更小的三角、菱形、好幾塊藍天，風是這樣吹進來——所以我坐在蘇佛克郡的小城酒吧中，煙霧醇氣瀰漫，我能比三十年前淪落哈爾濱時要老練鎮定得多了，可以取代那個中國北方的少婦而為別人示範、進諫。

後來忽然又拉到英國，嘩一下拉過去，再一下拉到文學。

文學也是這樣，很悶人，一個字一個字的聚合物……尤其在兒時，翻到全是字的書，心想，這種全是汙黑的字的東西，永遠不喜歡，但是昨天巴士海峽來的越洋電話說：

「您的文集編校完了，將正式付印，發現缺一篇序言。」

「非要序言不可嗎？」

「文集是幢房子，序言是扇門！」

我笑道：

「序言寫到一半，明天可以寄出。」

（不寫台灣海峽，俗氣，寫巴士海峽。）

文學是由一個個字串成一行行排成一段段的手工製品，我的寫作尤其汙穢雜亂不堪——啤酒喝到半公升之後，才發覺得有小的碎的涼風從幾個空隙中吹進來，除了最先看到的一塊手掌般大的藍天，還有更小的三角形菱形的好幾塊，北方乾旱的夏日的晴空，明淨的淡青，近似嬰兒的眼白，在汙穢的黑而亂的雜物堆之外——我自己不憂愁，自己已經有些像曲曲折折的露天鐵梯那種幸福的樣子，別人是否知道門楣掛有褪色的紙球的就是酒店，是否肯屈尊坐落在臨窗的小板桌之一邊，是否願向那獨自抽菸呷酒扯烙餅的女人借鑒——汙穢雜亂的文字，總也有不期然而然的空隙，容或青穹可露，涼颸可逸……寫作者和閱讀者是一個人，怎會是兩個人呢，是一個人。

我想，常想，暫別用字堆成的文學，暫別用文學堆成的生活，真的結束孽緣，我自由了，海浴，風帆，垂釣，滑浪，高爾夫球，網球，音樂節，初到Aldeburgh的三天，這可明顯，「馬尿啤酒和青蛙焦屍」的噩夢遠去了，桌上是英國之國食Fish and Chips，炸魚的塊兒大，鮮美熱辣，伴隨的薯條照例是鬆軟的——海浴、風帆、垂釣、滑浪、高爾夫球、網球、音樂節，一天天過了十天，呆住——炸魚和薯條下嚥遲遲，其他的海味總是海味，不再混在煙霧醇氣瀰漫的酒吧。所稱燈光柔媚，音響幽雅的餐廳，待不了一小時——我會死在蘇佛克郡的。

「我會死在蘇佛克郡的」，回前面伏筆，聲音很輕。

夏夕漁村，空氣清新，駛車回倫敦，倫敦也非長住久安之地……不會再去蘇佛克，不會再去哈爾濱，也不會什麼地方都不去了。

那巴士海峽來的越洋電話真有趣，房子必要有門，如果是廢墟呢，就不要門了——最聰明的人是一上來就造個廢墟，至今未見有此種心腸和膽魄出現。也並不難，是怕人抱怨。

Aldeburgh 這種小城是不可抱怨的，每年幾次音樂節，有手工藝精品店，獨件的，刻上藝術家的姓名，修道院裡的石雕很古很古，田野裡風車轉得你微笑、心酸，人都有一些忘不了的事。

哈爾濱何嘗可以完全抱怨呢，松花江對面是太陽島，「島裡」的一條繁華的街上，有白俄羅斯商賈開的「斯陶倆爾」皮貨店，夏天也不歇業，滿堂屋毛茸茸的。一側玻璃櫃中羅列不少古典飾物，我看中某支觀賞歌劇時用的「單罩」，即有長柄的獨片望遠鏡，還有可愛的。江畔的大陽傘下，老人瞑目端坐，娟娟少女斜簽著捧書朗讀，前面是一望無際的松花江，男性氣概的熏風吹得徜徉，使我既羨慕那位老的，也羨慕那位少的，更羨慕那本被捧著的書，如果一旦是我寫的書，那麼再羨慕什麼呢，羨慕那個開始動手就造出廢墟的人，如果沒有那種人的呢，那麼我羨慕蘇佛克郡的漁民，用機動船作業，清閒得多了，漁民的目的物是魚，不是書。

這篇序，可傳。和唐宋八大家比，不慚愧，稍微改改。

略講〈明天不散步了〉。

這篇倒是我從前在大陸時寫的風格，出來後，是換一種寫法的。發表後先在台灣轟動，瘂弦來信說：「木心先生，以後你就叫我瘂弦吧。」這是媚眼。我說「還是稱你先生」。他明白了。

回頭看，可傳。幸虧那時寫了，現在到底老了。那時居然有那種青春，借你們青春的光。我年輕時的東西，毀掉了，追不回來，這是青春的回光。

就是意識流的東西。但意識流們太執著，我是寫得輕鬆的，瀟灑的。文中的作者，既不是天使，也不是魔鬼，是一個精靈。精靈，往上跳，天使，往下跌，魔鬼，他不跳，不跌，裝出要跳要跌的樣子，讓人發笑。

天使，魔鬼，一屬天堂，一屬地獄，都是有單位的。精靈是沒有單位的。你找他，他走了，你以為他不在，他來了。

散文中，作者是精靈遊蕩，但以凡人面目。我在藝術上求的是精靈這種境界。

〈明天不散步了〉

上橫街買菸，即點一支，對面直路兩旁的矮樹已綴滿油亮的新葉，這邊的大樹枝條仍是灰褐的，諒來也密布芽蕾，有待綻肥了才鬧綠意，想走過去，繼而回來了，到寓所門口，幡然厭惡室內的沉濁氛圍，戶外清鮮空氣是公共的，也是我的，慢跑一陣，在空氣中游泳，風就是浪，這瓊美卡區，以米德蘭為主道的岔路都有坡度，路邊是或寬

或窄的草坪，許多獨立的小屋坐落於樹叢中，樹很高了，

抒情，我不喜歡華麗，喜歡實實在在。一開始寫街道、春樹，實在體貼地去寫。

各式的門和窗都嚴閉著，悄無聲息，除了潔淨，安謐，沒有別的意思，倘若誰來說，這些屋子，全沒人住，也不能反證他是在哄我，因為是下午，晚上窗子有燈光，便覺得裡面有人，如果孤居的老婦死了，燈亮著，死之前非熄燈不可嗎，她早已無力熄燈，這樣，每夜窗子明著，明三年五年，老婦不可憐，那燈可憐，幸虧物無知，否則世界更逼促紊亂，幸虧生活在無知之物的中間，有隱蔽之處，迴旋之地，憩息之所，落落大方地躲躲閃閃，一代代蹙眉竊笑到今天，

「如果孤居的老婦死了」，一句寫三個狀態：孤、老、死。「每夜窗子明著」，要寫「明」，不寫「亮」。「明三年五年」，不可能，目的是「老婦不可憐，那燈可憐」。以人情帶進物悲。

我散步，昨天可不是散步，昨天豪雨，在曼哈頓縱橫如魔陣的街道上，與友人共一頂傘，我倆大，傘小，只夠保持頭髮不濕，去圖書館，上個月被罰款了，第一個發起這種辦法的人有多聰明，友人說，坐下看看嗎，我的鞋底定是裂了，襪子全是水，這樣兩隻腳，看什麼書，於是又走在街上，大雨中的紐約好像沒有紐約一樣，倫敦下大雨，也只有雨沒有倫敦，古代的平原，兩軍交鋒，旌旗招展，馬仰人翻……大雨來了，也就以雨為主，戰爭是次要的，就這樣我倆旁若無紐約地大聲說笑，還去注意銀行的鐵欄杆內不白不黃的花，狀如中國的一般秋菊，我嚷道，菊花開在樹上了，被大雨濯得好狼狽，我友也說，真是踉踉蹌蹌一樹花，是什麼木本花，我們人是很絮煩的，對於喜歡的和不喜歡的，都想得個名稱，面臨知其名稱的事物，是舒泰的，不計較的，如果看著聽著，不知其名稱，便有一種淡淡的窘，漠漠的歉意，幽幽的尷尬相，所以在異國異域，我不知窘了多少，好些植物未敢貿然相認，眼前那枝開滿朝天的紫朵的，應是辛夷，不算玉蘭木蘭，誰知美國人叫它什麼，而且花瓣比中國的辛夷小、薄，即使是樾樹、杜鵑花、鳶尾、水仙，稍有一分異樣，我的自信也軟弱了，哪天回中國，大半草木我都能直呼其名，如今知道能這樣是很愉快的，我的姓名其實不難發音，對於歐美人就需要練習，拼一遍，又一遍，笑了——也是由於禮貌、教養、人文知識，使這樣世界處處出現淡淡的窘，漠漠的歉意，幽幽的尷尬相，和平的年代，諸國諸族的人都這樣相安居、相樂業、相往來……戰爭爆發了，人與人不再窘不再歉不再尷尬，所以戰爭是壞事，極壞的事，與戰爭相反的是音樂，到任何一個偏僻的國族，每聞音樂，尤其是童年時代就諳熟的音樂，便似迷航的風雨之夜，驀然靠著了故鄉的埠岸，有人在雨絲風片中等著我回家，公寓的地下室中有個打雜工的美國老漢，多次聽到他在吹口哨，全是海頓爸爸，莫札特小子，沒有一點山姆大叔味兒，我也吹了，他走上來聽，他奇怪中國人的口哨竟也是純純粹粹的維也納學派，這裡面有件什麼超乎音樂的亟待說明的重大懸案，人的哭聲、笑聲、呵欠、噴嚏，世界一致，在其間怎會形成二三十種盤根錯節的語系，動物們沒有足夠折騰的語言，顯得呆滯，時常鬱鬱寡歡，人類立了許多語言學校，也沉寂，悶悶不樂地走進走出，生命是什麼呢，生命是時時刻刻不知如何是好……我是常會迷路的，要去辦件事或赴個約，尤其容易迷路，夜已深，停車場那邊還站著個人，便快步近去，他說，給我一支菸，我告訴你怎樣走，我給了，心想，還很遠，難尋找，需要菸來助他思索，他吸了一口，又一口，指指方向，過兩個勃拉格就是了，我很高興，轉而賞味他的風趣，如果我自己明白過兩個街口便到，又知道這人非常想抽菸，於是上前，他以為我要問路，我呢，道聲晚安，給他一支菸，為之點火，回身走了，那就很好，這種事是永遠做不成的，猜勿著別人是否正處於沒有菸而極想抽菸的當兒，而且散步初始時的清鮮空氣中的游泳感就沒有了，一陣明顯的風，吹來旎旎馣馣的花香，環顧四周，不見有成群的花，未知從何得來，人和犬一樣，將往事貯存在嗅覺訊息中，神速引回學生時代的春天，那條殖民地的小街，不斷有花鋪、書店、唱片行、餐館、咖啡吧，法蘭西的租界，住家和營商的多半是猶太人，卻又弄成似是而非的巴黎風，卻也是白俄羅斯人酗酒行乞之地，書店安靜，唱片行響著，番茄沙司加熱後的氣味溜出餐館，煮咖啡則把一半精華免費送給過路客了，而花鋪的馝濃香最會氾濫到街上來，晴暖的午後，尤其郁郁馡馡眾香發越，陽光必須透過樹叢，小街一段明一段暗，偶值已告觖絕的戀人對面行來，先瞥見者先低了頭，學院離小街不遠，同學中的勁敵出沒於書店酒吧，大家不聲不響地滿懷凌雲壯志，喝幾杯櫻桃白蘭地，更加為自己的偉大前程而傷心透頂了，誰會有心去同情潦倒街角的白俄羅斯曠夫怨婦，誰也料不到後來的命運可能赧然與彼相似，陣陣泛溢到街上來最可辨識的是康乃馨和鈴蘭的清甜馥郁，美國的康乃馨只剩點微茫的草氣，這裡小徑石級邊不時植有鈴蘭，試屈一膝，俯身密嗅，全無香息，豈非啞巴、瞎子，鈴蘭又叫風信子，百合科，葉細長，自地下鱗莖出，叢生，中央挺軸開花如小鈴，六裂，總狀花序，青、紫、粉紅，何其緊俏芬芳的花，怎麼這裡的風信子都白癡似的，所以我又懷疑自己看錯花了，不是常會看錯人嗎？總又是看錯了，假如哪一天回中國去，重見鈴蘭即風信子，我柔馴地凝視，俯聞，凝視，會想起美國有一種花，極像的，就是不香，剛才的一陣風也只是機遇，不再了，三年制專修科我讀了兩年半，告別學院等於告別那小街，我們都是不告而別的，三十年後殖民地形式已普遍過時，法蘭西人、猶太人、白俄羅斯人都不見了，不見那條街，學院也沒有，問來問去，才說那灰色的龐然的冷藏倉庫便是學院舊址，為什麼這樣呢，街怎會消失呢，巡迴五條都無一彷彿，不是已經夠傻了，站在這裡等再有風吹來花香，仍然是這種傻……起步，雖然沒有人，很少人，凡是出現的都走得很快，我慢了就顯出是個散步者，散步本非不良行為，然而一介男士，也不牽條狗，下午，快傍晚了，在春天的小徑上彳亍，似乎很可恥，這世界已經是，已經是無人管你非議你，也像有人管著你非議著你一樣的了，有些城市自由居民會遁到森林、冰地去，大概就是想擺脫此種冥然受控制的惡劣感覺，去盡所有身外的羈絆，還是困在自己靈敏得木然發怔的感覺裡，草葉的香味起來了，先以為是頭上的樹葉散發的，轉眼看出這片草地剛用過刈草機，那麼多斷莖，當然足夠形成涼澀的沁胸的清香，是草群大受殘傷的綠的血腥啊……暮色在前，散步就這樣了，我們這種人類早已不能整日整夜在戶外存活，工作在桌上，睡眠在床上，生育戀愛死亡都必須有屋子，瓊美卡區的屋子都有點童話趣味，介乎貴族傳奇與平民幻想之間，小布爾喬亞的故事性，貴族下墜摔破了華麗，平民上攀遺棄了樸素，一幢幢都弄成了這樣，在幼年的彩色課外讀物中見過它們，手工勞作課上用紙板糨糊搭起來的就是它們的雛形，幾次散步，一一評價過了，少數幾幢，將直線斜線弧線用出效應來，材料的質感和表面塗層的色感，多數是錯誤的，就此一直錯誤著，似乎是叫人看其錯誤，那造對了造好了的屋子，算是為它高興吧，也擔心裡面住的會不會是很笨很醜的幾個人，兼而擔心那錯誤的屋子裡住著聰明美麗的一家，所以教堂中走出神父，寺院臺階上站著僧侶，就免於此種形式上的憂慮，紀念碑則難免市儈氣，紀念碑不過是說明人的記憶力差到極點了，最好的是塔，實心的塔，只供眺望，也有空心的塔，構著梯級，可供登臨極目，也不許人居住，塔裡冒出炊煙晾出衣裳，會引起人們大譁大不安，又有什麼真意含在裡面而忘卻了，高高的有尖頂的塔，起造者自有命題，新落成的塔，眾人圍著仰著，紛紛議論其含義，其聲如潮，潮平而退，從此一年年模糊其命題，塔角的風鐸跌落，沒有人再安裝上去，春華秋實，塔只是塔，徒然地必然地矗立著，東南亞的塔群是對塔的誤解、辱沒，不可歌不可泣的宿命的孤獨才是塔的存在感，瓊美卡一帶的屋子不是孤獨的，明哲地保持人道的距離，小布爾喬亞不可或缺的矜持，水泥做的天鵝，油漆一新的提燈侏儒，某博士的木牌，車房這邊加個籃球架，生息在屋子裡的人我永遠不會全部認識，這些屋子漸漸熟稔，瓊美卡四季景色的更換形成我不同性質的散步，回來時，走錯了一段路，因為不再是散步的意思了，兩點之間不取最捷近的線，應算是走錯的，幸虧物無知，物無語，否則歸途上難免被這些屋子和草木嘲謔了，一個散步也會迷路的人，我明知生命是什麼，是時時刻刻不知如何是好，所以聽憑風裡飄來花香泛溢的街，習慣於眺望命題模糊的塔，在一頂小傘下大聲諷評雨中的戰場——

寫到這兒，從意象到哲理，到「生命是什麼」，主題第一次出現了，像音樂。所以用「……」（未記）。

任何事物，當它失去第一重意義時，便有第二重意義顯出來，時常覺得是第二重意義更容易由我靠近，與我適合，猶如墓碑上倚著一輛童車，熱麵包壓著三頁遺囑，以致晴美的下午也就此散步在第二重意義中而儼然迷路了，我別無逸樂，每當稍有逸樂，哀愁爭先而起，哀愁是什麼呢，要是知道哀愁是什麼，就不哀愁了——生活是什麼呢，生活是這樣的，有些事情還沒有做，一定要做的……另有些事做了，沒有做好。明天不散步了。

最後一行，那兩句，才用句號。

〈明天不散步了〉的悲傷是個人性的；〈哥倫比亞倒影〉的悲傷是全體性的。

不過才氣太華麗，不好意思。現在我來寫，不再這樣招搖了。現在我寫的詩，比那時樸素多了。

最近寫一句：

「那些在藍天中布滿的枯枝，在要我的文體學他了。」

第四講　談卡繆，兼自己的作品

〈明天不散步了〉
〈童年隨之而去〉

一九九三年四月十八日

不用別人的話，自己講，講得再不行，文章總是本色的。炒青菜，總是好的。

我紀實？很多是虛的。全是想像的嗎？都有根據的。寫寫虛的，寫實了；寫寫實的，弄虛了……「步虛」，在空的地方走。我的文章，常是「步虛」。

在作品中，最好的辦法是嘲笑自己。聰明的人都知道自嘲。但這種「懸念」，要鬆。鬆嘛很鬆，繩子嘛是一條繩子，懸在那裡。文字不要寫死。

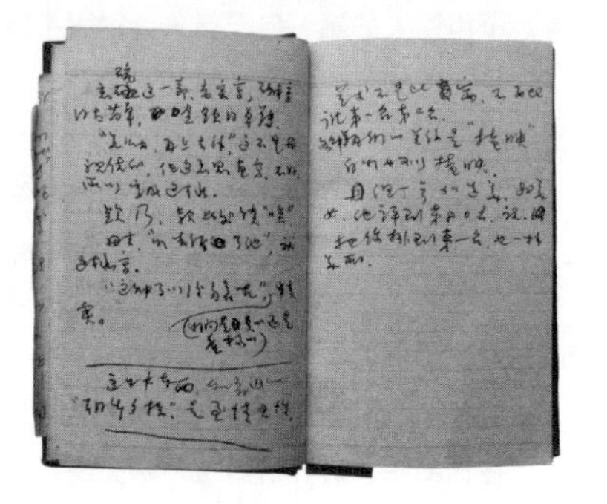

「文學演奏會」第四講筆錄原件

*〈童年隨之而去〉，收錄於「木心作品集」《哥倫比亞的倒影》p.28-40。

談卡繆（略）。休息。

說到中國現代藝術。

木心說：全部加起來，無知。無知不動，是無奈，動起來，是無恥。

繼續演奏自己的作品。

先補充〈明天不散步了〉。

一，整篇散文沒有接引別人一句話。也沒有提到一個人。

二，只用地名。如以後寫作提到地名，不要只提一個，孤零零的，要有點呼應。我寫到「倫敦」，就是呼應前面寫到的「紐約」。當然寫一大堆也不好。

三，不用典故、成語。用典用得好，言簡意永，用不好，易酸，也不純。我如果用典故，是要發新意，沒有新意，不用。不用別人的話，自己講，講得再不行，文章總是本色的，炒青菜，總是好的。

現在講〈童年隨之而去〉。

我紀實？很多是虛的。全是想像的嗎？都有根據的。寫寫虛的，寫實了；寫寫實的，弄虛了——你們畫畫的幾位，實的有本領，虛的不行。

道家語：「天風吹下步虛聲。」「步虛」，在空的地方走。我的文章，常是「步虛」。

（中國人，難看。中國人的頭腦好，想得出「步虛」這些話。中國人最好乖乖躲在家用頭腦，別去拋頭露面。我剃頭剃完，師傅用鏡子前後照給我一看，哪一面看，都完了。西方人好看，好看得我佩服。青年人的胳膊，汗毛根根到位——人總得有個退路。我就想：你長得好，我看得懂。對美麗的人，我是咬牙切齒地看得懂。）

這篇，題目想得還可以。取題，字數不宜多。六字已多了。但有轉折，「童年」，轉成「隨之而去」。

〈童年隨之而去〉

孩子的知識圈，應是該懂的懂，不該懂的不懂，這就形成了童年的幸福。我的兒時，那是該懂的不懂，不該懂的卻懂了些，這就弄出許多至今也未必能解脫的困惑來。

童年回憶，最易肉麻傷感。所以一當頭，不寫童年，很理性地寫，劈頭冷靜，但馬上拉到我身上。不過「弄出許多至今也未必能解脫的困惑」云，全是假的。

目的是懸念：這人到底要寫什麼？

在作品中，最好的辦法是嘲笑自己。聰明的人都知道自嘲。但這種「懸念」，要鬆。鬆嘛很鬆，繩子嘛是一條繩子，懸在那裡。文字不要寫死。

不滿十歲，我已知「寺」、「廟」、「院」、「殿」、「觀」、「宮」、「庵」的分別。當我隨著我母親和一大串姑媽舅媽姨媽上摩安山去做佛事時，山腳下的「玄壇殿」我沒說什麼。半山的「三清觀」也沒說什麼。將近山頂的「睡獅庵」我問了：

「就是這裡啊？」

「是囉，我們到了！」挑擔領路的腳伕說。

我問母親：

「是叫尼姑做道場啊？」

母親說：

「不噢，這裡的當家和尚是個大法師，這一帶八十二個大小寺廟都是他領的呢。」

我更詫異了：

「那，怎麼住在庵裡呢？睡獅庵！」

母親也愣了，繼而曼聲說：

「大概，總是……搬過來的吧。」

二段，一上來「不滿十歲」。不要像別人那樣「我十歲的時候」。「我」不能多。一多了，討厭。

知道「寺」、「廟」、「庵」……顯書香門第。接下去上山，一下子把情節交代清楚。先寫挑夫回答，不直接問道母親。墊一墊，再問母親。

這孩子不凡，但是很老實的不凡。母親也有分寸。下面有許多母子對話，問到此，不過為了表現母子性格，不是為了睡獅庵問題。

庵門也平常，一入內，氣象十分恢宏：頭山門，二山門，大雄寶殿，齋堂，禪房，客舍，儼然一座尊榮古剎，我目不暇給，忘了「庵」字之謎。

廟的描寫，排排出來，給你一個印象就行了，不必詳詳細細去寫。

我家素不佞佛，母親是為了祭祖要焚「疏頭」，才來山上做佛事。「疏頭」者現在我能解釋為大型經懺「水陸道場」的書面總結，或說幽冥之國通用的高額支票、贖罪券。陽間出錢，陰世受惠——眾多和尚誦經叩禮，布置十分華麗，程式更是繁縟得如同一場連本大戲。於是燈燭輝煌，香煙繚繞，梵音不輟，卜晝卜夜地進行下去，說是要七七四十九天才功德圓滿。

當年的小孩子，是先感新鮮有趣，七天後就生煩厭，山已玩夠，素齋吃得望而生畏，那關在庵後山洞裡的瘋僧也逗膩了。心裡兀自抱怨：超度祖宗真不容易。

我天天吵著要回家，終於母親說：

「也快了，到接『疏頭』那日子，下一天就回家。」

「誦經」，誦，是唱的意思。「說是要七七四十九……」一句，是口語化的，可以時不時夾一句口語，然後又回到風雅的語言，反而雅了，全用風雅，用不好，俗。

那日子就在眼前。喜的是好回家吃葷、踢球、放風箏，憂的是駝背老和尚來關照，明天要跪在大殿裡捧個木盤，手要洗得特別清爽，捧著，靜等主持道場的法師念「疏頭」——我發急：

「要跪多少辰光呢？」

「總要一支香菸工夫。」

「什麼香菸？」

「喏，金鼠牌，美麗牌。」

還好，真怕是佛案上的供香，那是很長的。我忽然一笑，那傳話的駝背老和尚一定是躲在房裡抽金鼠牌美麗牌的。

接「疏頭」的難關捱過了，似乎不到一支香菸工夫，進睡獅庵以來，我從不跪拜。所以捧著紅木盤屈膝在袈裟經幡叢裡，渾身發癢，心想，為了那些不認識的祖宗們，要我來受這個罪，真冤。然而我對站在右邊的和尚的吟誦發生了興趣。

「……唉吉江省立桐桑縣清風鄉二十唉四度，索度明王侍耐唉嗳啊唉押，唉嗳……」

我又暗笑了，原來那大大的黃紙摺成的「疏頭」上，竟寫明地址呢，可是「二十四度」是什麼？是有關送「疏頭」的？還是有關收「疏頭」的？真的有陰間？陰間也有緯度嗎……因為胡思亂想，就不覺到了終局，人一站直，立刻舒暢，手捧裝在大信封裡蓋有巨印的「疏頭」，奔回來向母親交差。我得意地說：

「這疏頭上還有地址，吉江省立桐桑縣清風鄉二十四度，是寄給閻羅王收的。」

沒想到圍著母親的那群姑媽舅媽姨媽們大事調侃：

「哎喲！十歲的孩子已經聽得懂和尚念經了，將來不得了啊！」

「舉人老爺的得意門生嘛！」

「看來也要得道的，要做八十二家和尚廟裡的總當家。」

母親笑道：

「這點原也該懂，省縣鄉不懂也回不了家了。」

我又不想逞能，經她們一說，倒使我不服，除了省縣鄉，我還能分得清寺廟院殿觀宮庵呢。

蒙太奇：「那日子就在眼前。」反敘，說「疏頭」難關挨過去了，不必寫「那一天」，直接寫那件事。

（台灣評我，說是「三十年來海峽兩岸第一人」。我一看，真不舒服。地方那麼小，時間那麼短。等於說，木心先生當個虹口區區長綽綽有餘。）

回家囉！

腳伕們挑的挑，掮的掮，我跟著一群穿紅著綠珠光寶氣的女眷們走出山門時，回望了一眼——睡獅庵，和尚住在尼姑庵裡？庵是小的啊，怎麼有這樣大的庵呢？這些人都不問問。

電影鏡頭一轉：「回家囉！」但立刻進入「腳伕們挑的挑……」，不必多寫回家的興奮了。附帶寫些「女眷」，不要再寫姑媽之類。「回望」睡獅庵，說明還在懷疑。

家庭教師是前清中舉的飽學鴻儒，我卻是塊亂點頭的頑石，一味敷衍度日。背書，作對子，還混得過，私底下只想翻稗書。那時代，尤其是我家吧，「禁書」的範圍之廣，連唐詩宋詞也不准上桌，說：「還早。」所以一本《歷代名窯釋》中的兩句「雨過天青雲開處，者般顏色做將來」，我就覺得清新有味道，琅琅上口。某日對著案頭一只青瓷水盂，不覺漏了嘴，老夫子竟聽見了，訓道：「哪裡來的歪詩，以後不可吟風弄月，喪志的呢！」一肚皮悶瞀的怨氣，這個暗�府藹的書房就是下不完的雨，晴不了的天。我用中指蘸了水，在桌上寫個「逃」，怎麼個逃法呢，一點策略也沒有。呆視著水漬乾失，心裡有一種酸麻麻的快感。

「亂點頭的頑石」，佛經典故「天花亂墜」，「頑石點頭」。我家裡僅唐詩宋詞，是我故意這樣寫。「雨過天青」，也是假的，造出來的。「者」，作「諸」。這整段故事都是假的，捏造的。

我更怕作文章，出來的題是「大勇與小勇論」，「蘇秦以連橫說秦惠王而秦王不納論」。現在我才知道那是和女人纏足一樣，硬要把小孩的腦子纏成畸形而後已。我只好瞎湊，湊一陣，算算字數，再湊，有了一百字光景就心寬起來，湊到將近兩百，「輕舟已過萬重山」。等到卷子發回，朱筆圈改得「人面桃花相映紅」，我又羞又恨，既而又幸災樂禍，也好，老夫子自家出題自家做，我去其惡評謄錄一遍，備著母親查看——母親閱畢，微笑道：「也虧你胡謅得還通順，就是欠警策。」我心中暗笑老夫子被母親指為「胡謅」，沒有警句。

小孩總想模仿。我自殺過，蚊帳繩子哪裡掛得住，斷了，心想：還好掛不住。又想仿「割肉療母病」，每次想，下次割，看看手臂，想，等明天吧——哈姆雷特。

滿船的人興奮地等待解纜起篙，我忽然想著了睡獅庵中的一只碗！

在家裡，每個人的茶具飯具都是專備的，弄錯了，那就不飲不食以待更正。到得山上，我還是認定了茶杯和飯碗，茶杯上畫的是與我年齡相符的十二生肖之一，不喜歡。那飯碗卻有來歷——我不願吃齋，老法師特意贈我一隻名窯的小盂，青藍得十分可愛，盛來的飯，似乎變得可口了。母親說：

「畢竟老法師道行高，摸得著孫行者的脾氣。」

我又誦起：「雨過天青雲開處，者般顏色做將來。」母親說：

「對的，是越窯，這只叫盌，這只色澤特別好，也只有大當家和尚才拿得出這樣的寶貝，小心摔破了。」

每次餐畢，我自去泉邊洗淨，藏好。臨走的那晚，我用棉紙包了，放在枕邊。不料清晨被催起後頭昏昏地盡呆看眾人忙碌，忘記將那碗放進箱籠裡，索性忘了倒也是了，偏在這船要起篙的當兒，驀地想起：

「碗！」

「什麼？」母親不知所云。

「那飯碗，越窯盌。」

「你放在哪裡？」

「枕頭邊！」

母親素知凡是我想著什麼東西，就忘不掉了，要使忘掉，唯一的辦法是那東西到了我手上。

「回去可以買，同樣的！」

「買不到！不會一樣的。」我似乎非常清楚那碗是有一無二。

「怎麼辦呢，再上去拿。」母親的意思是：難道不開船，派人登山去庵中索取——不可能，不必想那碗了。

想起碗，馬上要解釋。茶杯上畫的十二生肖，可以了，不要寫屬什麼。一般是熬不住要寫的——忘了帶碗這一節，老實寫，不能寫得太簡單，會顯得單薄。「怎麼辦呢，再上去拿。」這不是母親說的。但這意思直寫，不好，所以寫成這樣。

我走過正待抽落的跳板，登岸，坐在繫纜的樹樁上，低頭凝視河水。

滿船的人先是愕然相顧，繼而一片吱吱喳喳，可也無人上岸來勸我拉我，都知道只有母親才能使我離開樹樁。母親沒有說什麼，輕聲吩咐一個船夫，那赤膊小夥子披上一件棉襖三腳兩步飛過跳板，上山了。

杜鵑花，山裡叫「映山紅」，是紅的多，也有白的，開得正盛。摘一朵，吮吸，有蜜汁沁舌——我就這樣動作著。

船裡的吱吱喳喳漸息，各自找樂子，下棋、戲牌、嗑瓜子，有的開了和尚所賜的齋佛果盒，叫我回船去吃，我搖搖手。這河灘有的是好玩的東西，五色小石卵，黛綠的螺螄，青灰而透明的小蝦……心裡懊悔，我不知道上山下山要花這麼長的時間。

鷓鴣在遠處一聲聲叫。夜裡下過雨。

是那年輕的船夫的嗓音——來囉……來囉……可是不見人影。

他走的是另一條小徑，兩手空空地奔近來，我感到不祥——碗沒了！找不到，或是打破了。

他憨笑著伸手入懷，從斜搭而繫腰帶的棉襖裡，掏出那只碗，棉紙濕了破了，他臉上倒沒有汗——我雙手接過，謝了他。捧著，走過跳板……一陣搖晃，漸聞櫓聲欸乃，碧波像大匹軟緞，蕩漾舒展，船頭的水聲，船梢搖櫓者的斷續語聲，顯得異樣地寧適。我不願進艙去，獨自靠前舷而坐。夜間是下過大雨，還聽到雷聲。兩岸山色蒼翠，水裡的倒影鮮活閃臬，迎面的風又暖又涼，母親為什麼不來。

「欸乃」，「欸」此處讀「唉」。

河面漸寬，山也平下來了，我想把碗洗一洗。人多船身吃水深，俯舷即就水面，用碗舀了河水順手潑去，陽光照得水沫晶亮如珠……我站起來，可以潑得遠些——一脫手，碗飛掉了！

那碗在急旋中平平著水，像一片斷梗的小荷葉，浮著，汆著，向船後漸遠漸遠……望著望不見的東西——醒不過來了。

對母親怎說……那船夫。

母親出艙來，端著一碟印糕艾餃。

我告訴了她。

「有人會撈得的，就是沉了，將來有人會撈起來的。只要不碎就好——吃吧，不要想了，吃完了進艙來喝熱茶……這種事以後多著呢。」

最後一句很輕很輕，什麼意思？

母親來，「我告訴了她」，就這樣寫。「這種事以後多著呢。」（丹青問：是真的還是虛構的）半真實。

現在回想起來，真是可怕的預言，我的一生中，確實多的是這種事，比越窯的碗，珍貴百倍千倍萬倍的物和人，都已一一脫手而去，有的甚至是碎了的。

那時，那浮氽的碗，隨之而去的是我的童年。

這種東西，和魯迅的《朝花夕拾》，是至情至性。

藝術不是比賽，不要比誰第一名第二名。各種藝術的關係是「掩映」，自我也可以「掩映」。但丁參加選美。八十位美女，他評到第八十名，說，把你排到第一名，也一樣美麗。

第五講｜續談存在主義，兼自己的作品

〈哥倫比亞的倒影〉

一九九三年五月九日

當沒有人理解你時，你自己不要出來講。

粉墨登場。歸真返璞。一上來沒人睬。陶淵明沒有粉墨登場這回事。一冷，冷了四百年。
但我並不願意粉墨登場。

生活過去，人沒有了，文化一定也會過去，只留下藝術，我稱做「倒影」。這主題，再大也無法大了。超乎地球，寫宇宙，更大。但人類本身就這點事情。

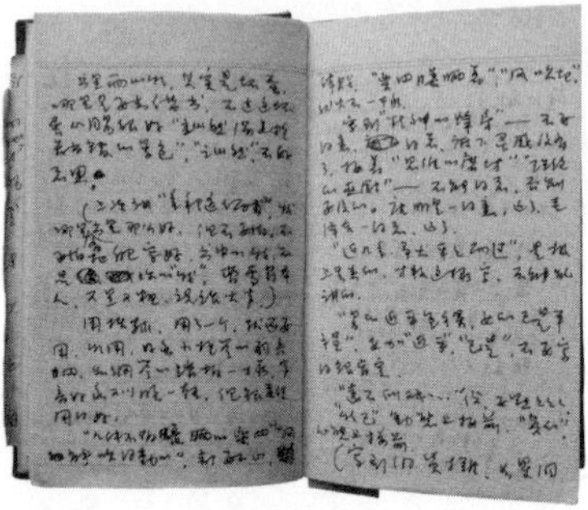

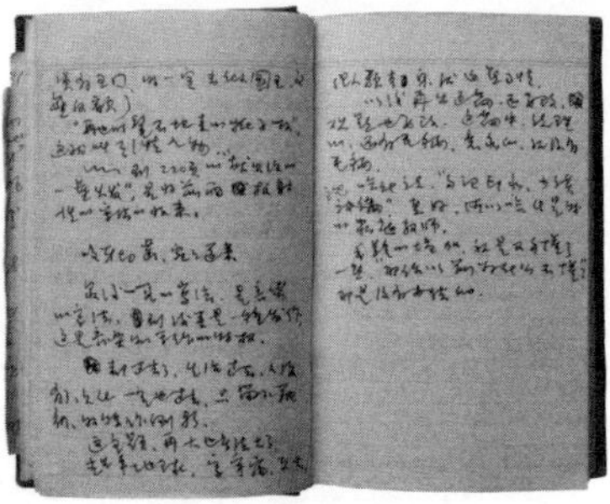

「文學演奏會」第五講筆錄原件

*〈哥倫比亞的倒影〉，收錄於「木心作品集」《哥倫比亞的倒影》p.130-155。

續談存在主義（略）。

談〈哥倫比亞的倒影〉。

我最早投稿，十四歲。在湖州、嘉興、上海。退稿倒沒有，但少量發表。後來幾十年沒有投稿，出國後，又開始投稿。到現在，一個紀錄：沒有退稿。一九八四年，〈哥倫比亞的倒影〉、〈明天不散步了〉等四篇，在台灣《聯合報》副刊的創刊號上，被瘂弦辦了一次散文個展。

這篇，我是感情、思想、感覺，混在一起寫。或思想感覺化，或感覺思想化，或思想感情化……混在一起寫。

以前文章中大塊的理論，盡量在這篇中溶解掉，放在感覺感情中寫出來。這在當時，是一篇力作。但沒有人問過，我也不提出。當沒有人理解你時，你自己不要出來講。

從題目講起。似通非通的，哥倫比亞，是指那所大學，還是美洲那個國家，或華盛頓那個？古典文學出題，要清楚，現在我放鬆，溶解掉。

哥倫比亞，地名，怎會有倒影？（又有點關係，在哥倫比亞大學）要敢用。模稜兩可的，含糊其辭的——要敢用。

粉墨登場。歸真返璞。一上來沒人睬。陶淵明沒有粉墨登場這回事。一冷，冷了四百年。

但我並不願意粉墨登場。

〈哥倫比亞的倒影〉

春日午後，睡著了又醒來了，想起可以喝咖啡，喝罷咖啡，想起早上只刷了牙，沒有洗澡，洗完澡對鏡，髭鬚又該刮了，都說髯子在美國比在中國長得快，我也就是因為這樣才問別人的——髭鬚之美妙在於想留則留，不想留則隨手除去，除去之後又有懊意，過幾天，鬑鬑頗有，髭鬚是這樣，其他的，就不是如此容易取捨了，例如我自己上街買水果，水果鋪子是我的藥房，徘徊一陣，空手出來，立在百老匯大街上不知何往，

一上來，毫不在乎。開頭，不要扭扭捏捏，弄詩意——「想起」咖啡，「喝罷」，很快，一連串下去，中間一刀一刀切，有頭有尾，沒有中斷。從「刮髯子」到「其他的，就不是

如此容易取捨了」，是要講意思的，有含意的。一含意，厚度深度有了——從咖啡到刷牙到洗澡，到刮鬍子，到上水果店，總的是放鬆的，不含思想，放開就放開，空著它。

我的寓所是介乎水果鋪子與哥倫比亞大學之間，如果面對哈德遜河，右向的一箭之遙，便是哥倫比亞大學，

直到寫到寓所位置，哥倫比亞大學出來了，又帶出哈德遜河——進入場景。但直寫哥大，太重，所以無意間從水果店鋪寫出來（讀者都要上當的。我的文章都是陷阱，把讀者帶來繞去，但讀者上當之後，能充滿感謝）。

正門站著兩尊石像，裂了，修補好了，始建哥倫比亞大學之際，美國文化的模式還面目不清，才立起這麼兩個似希臘非希臘的一男一女（不是麥可和珍妮），到了無可奈何時才產生象徵，人們卻以為象徵是裕然卓然的事，每次看見這對石像心裡便空泛寂寞起來，

也很快寫過哥大門口的雕塑像。象徵，很重的東西。我說：「到了無可奈何時才產生象徵。」這要靠平時啦。要敢這樣下去，但輕輕帶出來。「裕然」、「卓然」，寬裕，然後看到石像「空泛寂寞起來」，忽然寫到感情了。

然後一步一步過去，講到「二十世紀」了。

也不僅是這裡美洲，其他四洲遍地都有我願意同情而同情不了的人人事事物物，有說除了不是詩的，其他都是詩，那麼除了非藝術的其他都是藝術，除了反文化的其他……吁，眼看散居在各國的耽於沉思精於美食的朋友們，個個怨懟自身所隸屬的世紀，是否我們在糟粕的濁浪滔滔而去之後，啜飲著幾經歷史蒸餾的酒，而將來也有人歎言，「還是二十世紀有味」，這個論點是不妙的，不景氣的，看我能不能駁倒它，我需要找一本書，每次來哥倫比亞大學都是想找一本書，什麼名稱，誰著作的（如果見到了，就知道了），怡靜的長岸似的書案，一盞盞忠誠的燈，四壁屹立著御林軍般整肅的書架，下行的階口憑欄俯眺，書這窀穸，知識的幽谷，學術的地層宮殿，我又訕然滿足

於圖書館的景色，而不欲取覽任何一本單獨的書了（想抽菸），已經形成了自我放牧的習慣，

「窀穸」，墳墓。

文章裡面的「我」，其實是個壞蛋。哪裡是要去借書。不過這壞蛋心腸很好：「訕然滿足於圖書館的景色」。「訕然」：不好意思。上次講〈童年隨之而去〉，我哪有文章裡那麼好。但不要怕，不要怕把自己寫好。書中的「我」，不是你的「我」。曹雪芹本人，又黑又粗，說話大聲。

這裡多的是草坪，中心主樓的圓柱，破風，又是奧林匹斯神廟之摹擬，高高的臺階，中層間一平面，坐著全身披掛的女神，智慧女神即收穫女神之流吧（美國的雅典移民真不少），雕像的座子下剛開過音樂會，椅子，幾件不怕曝曬的樂器，歪斜著（晚上還有一場），紙片，食品袋，飲料的空罐，疏落有致地散在層層石級上，風能吹得動的，便飄起，滾轉，停一停，又飄，又滾……

用括弧，用了一個，就還要用。我用，好像小提琴的弱音器和鋼琴的踏板，聲音好像可以略一輕，但很難用得好。「幾件不怕曝曬的樂器」，「風能吹得動的」，都要小心、體貼。「樂器曝曬著」，「風吹起」，就大不一樣。

哥倫比亞大學似乎很疲倦，這是不足為憑的爻爻表象，它的內核總還在興奮騰旋，一幢幢大樓都是精神的蜂房，地下還有好幾層建築，四通而八達，如此則上上下下，分析、計算、推測、想像，不舍晝夜，精神的蜂房，思維的磨坊，理論和實驗的巫廚（從中世紀步行來的人只會這樣說），

寫到「精神的蜂房」——不要得意。得意，底下靈感沒有了。接著，「思維的磨坊」、「理論和實驗的巫廚」——不能得意，否則要沒的。唐明皇一得意，亡了……

近幾年，哥倫比亞大學平平而過，草坪上的年輕人比石階上的更多，男的近乎全裸，

女的已是半裎，大意是享受初夏之日光，三五成群，輕輕談論，時而婉然臥倒，就此不再起來似的，而穿衣裙的也很年輕的母親推著小篷車，有方向地緩緩經過草地，

「近幾年，哥大平平而過」，這是報上看來的，才敢這樣寫，不能亂講的。「男的近乎全裸，女的已是半裎」，要加「近乎」、「已是」，不要寫得太肯定。

我以為櫻花正是好時候，杜鵑花紫藤花都開得爛漫，大風忽起，粉紅的散瓣飛舞成陣，那麼櫻花是謝了，前幾天我在做什麼……「Excuse me」，有人請我讓路，運送學位禮服的手推車，一襲襲掛在與人體等高的衣架上，薄，滑亮，人造纖維（不該有的綯褶並未燙平），飄飄蕩蕩，黑的藍的黃的白的學士碩士博士，人生如夢人生似戲是從前的感歎，現在是以羊毛蠶絲苧麻棉花為織物的禮服也不耐煩製作了，太不如夢，遠不似戲……我已步近兩個金髮的孌童，真的，還是這樣好，對蹲在路邊，地上多的是櫻花瓣，捧起來相互灑在頭上（鬈鬟柔媚），不笑，不說話，灑了又捧，又灑，我知道我是不敢蹲下去說「灑在我的頭上好嗎」，那花瓣是涼涼的，癢癢的，臉上，頸上（他

們停了，我就走）……

「遠不似戲……」後，要加省略號。「我已」，動態上接前，「真的」，心態上接前。

他們是不會停的，我將瘦澀的眸子轉向大草坪中央的直路，直路西側擺開長約五米的貨攤（怎麼回事），學生們多餘的嫌棄的東西希望出售，在往昔漫遊各地的年月中，每逢舊貨攤總有一番流連，人的傷感情調無不可厭，物的傷感情調卻普遍可愛，舊貨攤多半設在露天，布篷帳，好像時時有風吹著，攤主一聲不響，模糊似剪影，羅列的是以小件為主，分類無法嚴明，能懸掛的都高高低低地吊起來，風吹著，輕輕碰觸，所有物件無論如何都是色澤黯淡的，各有一副認命不認輸的表情，彷彿說，「買不買是你的事，我總在這兒」，哥倫比亞大學中央草坪上之出現舊貨攤，就不無海市蜃樓之感，細看那些物件的標價，更令人覺得學生們在鬧著玩，一雙高統男式黑皮靴——九角，等於一枚地下車的Token，或一只Hot dog，這是個幽默的價格，皮質原是上好的（現在還沒發脆），多眼的纈帶的圓頭平跟的再也時髦不起來的靴子啊，毋須試穿就知其正合我的脛和腳，這是二次大戰前的款式（還要早），是林肯先生做律師時的遺物，買了這雙靴，就得尋覓與之相配的衣褲……只好輕輕放下，似乎是告別一場南北戰爭（靴底的泥跡是那時候沾的），我走了，走了幾步，不免轉首回望，靴子抖動了一下，彳亍彳亍走過來倚在我腳邊，多眼的繫帶的，高統圓頭平跟，這還不是十九世紀產品，寧是富蘭克林正待以印刷新聞事業起家之際所流行的靴子，如果買回去，放在書架頂層，其下是富蘭克林的自傳，無疑情趣盎然，

（寫到舊貨攤，如果舊貨有王國，我一定去做國王，義無反顧。）

「再也時髦不起來的靴子啊」，這就叫引情入物。

當富蘭克林說「我絕不反對把從前的生活從頭再過一遍」時，我驚覺自己難於說得如此爽朗（往事之中大有不堪回首者），然而富蘭克林老闆十分精明，他之所以想要從頭再過一遍生活，說是為了藉以改正謬誤，還要把幾件艱險的事故變得差強人意些，他忽而又補充道，「即使不給我逢凶化吉的特權，我還是願意接受這個機會，再過一

遍同樣的生活」——我也願意了，也願意追嘗那連同整船痛苦的半茶匙快樂……靴子呢，靴子已經走回去縮在許多拖鞋、運動鞋中間，高統子耷倒了（九角錢也沒人買），但是，親愛的，我買了回去，不穿，不陳列，豈非成了一種出於憐憫的收容，任何故意的慈善行為都是我所未曾有的，別了，富蘭克林的靴子，富蘭克林就有這點悟性，把生活再過一遍的念頭人人有，人人不說，他說了，大家高興得就像真有機會把生活再過一遍地那樣高興……那個法國來的移民坐在石塊上似乎並不高興，羅丹認為這漢子在思想，雄健的中年人全身肌肉大緊張，腳趾牢牢扒住底座，誰在思想的當兒是這樣的呢，腦的活動，血液集中於頭部，全身肌肉倒是鬆弛下來，深度的沉思冥想，使人的四肢、面部，停止表情，純然是靈智的運轉，怎麼有這些筋骨皮肉的戲劇性出現呢，這個雕像安置在陽光直射的草地上又是一重錯誤，太陽是嫉妒思想的（思想也反過來厭憎太陽），陰霾的冬天，法國北海岸的荒村，紀德在寒風中等了一個下午，直到深夜，化用假名的王爾德終於酩酊歸舍，醉眼迷離中認出了安德列，奧斯卡大為動衷，說，「親愛的，你知道，思想產生在陰影裡……」——「什麼」，那雄健的男子打斷了王爾德的話，他下了座子，伸懶腰，兩臂舉得高高地劃了個弧形，「您說什麼」，我反問，「您在想什麼」，他笑，不失為粗獷的嫵媚，忽而呵欠散了笑容，他，「有什麼可想的」，我，「知道這裡是什麼地方嗎」，他，「誰知道呢，草地，房子，都是這樣的」，我撫及他的肩背，「體溫真高」，他，「冬天你來摸摸我看呢」，我，「好的，冬天再見」（那男子是高盧族的，入了美國籍，自己也不知道），冬天再見，法國北海岸荒村旅舍，夜深了，王爾德對年輕的朋友說，「親愛的，你知道，思想產生在陰影裡，太陽是嫉妒思想的，古代，思想在希臘，太陽便征服了希臘，現在思想在俄羅斯，太陽就將征服俄羅斯」，說這話的人死於一九〇〇年，他的那個「現在」距離我們已近一百年，俄羅斯的演變正如醉先知的預言，不愧稱藝術家者都不愧稱先知（藝術活動原本是先知行為），把這番話記錄成文的人後來親自去俄羅斯以身試太陽，目睹太陽是怎樣嫉妒思想而消滅思想的，這，不過是一則盡人皆知盡人皆歎的例子，泛舉開來，半個地球成了思想的廢墟焦土，古道熱腸的英國先知飲恨而逝之後的第十八年，德國的鐵血先知斯賓格勒寫了一本尖酸刻薄精當出色的書，《西方之衰落》，噫，西方之衰落早在博馬舍的嬉笑怒罵中已露不祥之兆，沉者沉浮者浮，沉者浮，浮者沉，悠悠忽忽到今天，那曾經是西方文化發源聖地的愛琴海島國，又成了現代悲劇現代喜劇的典範——希臘教育部任命一位神學家當某大學的哲學教授，該校校長為了抗議憤而辭職，此舉造成了希臘學術界的震撼，而柏拉圖講學的橄欖林已變成破舊的公園，最近可能闢為籃球場，希臘目前每年有五十多個哲學系畢業生，這些學生幾乎都坦然承認他們沒有讀過柏拉圖、亞里斯多德的原典，希臘教育主管機關和社會的整個兒趨向都認為要關心的是教育工具的充實，包括椅子桌子的添置修理等問題（希臘真不愧為「人類的永久教師」），這樣，就這樣，東半球這樣，西半球這樣，熱腸的先知和冷血的先知的預言說得沒有別人插嘴的餘地，然而旅遊事業的各大公司所發的廣告，無不盛稱世界各國風光旖旎，名勝古跡燦爛輝煌，交通迅速，食品豐美，這些話都不是假的，遊客越來越多，羅馬車站可謂大矣，人潮洶湧，我將慘遭滅頂了，在千萬只背包提箱的狂瀾中奮力竄及「問詢處」，排了半天隊，所得者市內地圖一份，問旅舍之所在，回答，明天吧，今天全部客滿了，「My God」，久聞羅馬治安極差的大名，車站之夜，不勝恐怖，我只好花錢去把自己扔在酒店裡——西半球最熱門的旅遊國的遭遇如此，東半球的奇蹟允推幽燕之地的萬里長城，要領略莽莽蒼蒼的雄姿霸氣，除非是凌晨拂曉眾人皆睡之一刻，白天則密密麻麻爬滿了五顏六色的人，人是奇蹟？城是奇蹟？概念就此混沌，沒有吃的喝的，有也等於沒有，因為不堪入口，沒有方便之處，有也還是沒有的好，因為那裡屎糞氾濫惡臭沖天，而作為長城之要素的磚大秦磚，不斷被人拆去充作壘屋起灶之良材，報上呼籲了，無奈拆磚的人是三代不看報的——以人類的智商的平均數來衡量，無論何國何族，大可不必紊亂褻瀆成這樣的局勢局面，誠如訣別死者之後沉沉奄奄了幾個月終於生機漸萌飲食知味的人，或如經醫師同意並且祝賀緩緩步出病院滿目花葉茜明的人，這樣的人在這樣的時候，對他或她說，「為了使世界從殘暴汙穢荒漠轉為合理清淨興隆，請您獻出您的一莖頭髮」，我以為誰都願意作此犧牲的，然而不可發問，如果有誰發問，「一莖頭髮能拯救一個世界嗎」，完了，五十億莖不同色澤不同粗細長短曲直的頭髮頓時全部失效——

……到二二〇頁的「獻出您的一莖頭髮」，是將前面放射性的寫法的收束。

咬牙切齒，娓娓道來。

這是（很早就是），一個高難度的講題，曾有人幾次嘗試發凡，單憑馬太馬可路加約翰的粗疏述說是無能闡明信念之不可言喻性的，何況耶穌是中途遭害，作為第一流大先知，他算是夭折，他還未及成熟，卻是已經知悉「見而信」這種意念是功利主義的，這樣的奉獻是為了報酬，二十世紀便是一手剛作奉獻另一手即取報酬的倥傯百年……那麼，「不見而信」呢，耶穌再三感歎沒有人能懂得這個連他自己也拙於言詞困於表達的諦旨，他死之後，千年以還的瑣知碎識使人不自由自主地便佞狡黠起來，「見而信」也只著眼於急急乎功近近於利的物物交換，「不見而信」，那是，一，從前是持烏托邦論為有心人，現在是有心人必斥烏托邦，二，可曾記得審問耶穌的那一句「真理是什麼」，彼拉多一直問（他不需要得到答案），就這樣不停不停地一直問到二十世紀暮色蒼茫，還在問——啊，就這樣，所謂「見而信」是沒有用的，「不見而信」是做不到的尷尬狀況始終僵持著……我木立在講壇上不知下一個動作該如何，薄明的大廳闃無人影，及地的長窗外是海藍的天，大廳的底壁上安裝著威尼斯出品的橢圓巨鏡，黑的講壇竟是對鏡而設，我站著，只見上半身，從巨鏡中面臨整個寥廓的大廳，只能說，我將開始練習講演，德摩斯梯尼認為演說家最重要的才能是表情，表情（怎麼回事呢），善於知人心意的培根解釋道，「人的天性是愚昧多於智慧，而做作的表情則常能打動聽者的心」（原來是這樣），赫胥黎向我舉起一個手指，「要知道如何對待您的聽眾嗎，我可以把別人傳授給我的祕訣告訴您，記住，『他們一無所知』」，我辨味了片刻（然而凌駕人懾服人是最乏味的），德摩斯梯尼取了一把小石子來，也說，「把這些放放放進嘴裡，到到到海浪喧鬧的地地地方去大大大大聲練習」，我忍住了笑，把小石子還給他，「不用小石子也可以，我我我另有辦法」，說這話的是西塞羅，是我曾經欽佩的，他的口吃不很嚴重，「不要去去海濱，美國的加拿大的瀑布正正正可利用，你對著瀑布大大大聲講，比在哥倫比亞的空廳裡練習要容易收收收效得多」，這些年了，西塞羅還是只有這個使他自己成名的老法子——與諸大演說家周旋，才明白我原先的設想全錯了（或者全對了）：一，我做講演的地方必是靜的，遠處的瀑布海浪隱隱可聞，二，我的聽眾，各有所知，我講到中途，停止，便可請任何一位聽者上壇來持續下去，三，因此，聽眾都誤以為講稿是他給的，我在代他付出聲調，姿勢，乃至面部表情，四，或者，早曾聽過，已全忘卻，我講一句，他記起一句，卒至講完，他全部憶復，五，又或者，認為我既作了引言，他就不能不承擔正文的和盤托出，六，更或者，麥，水，鹽，啤酒花，都是他的，我是釀造師——如果有了這樣的聽眾，我便不再對鏡，隨即回身開講了，講題是「為了使世界從殘暴汙穢荒漠轉為合理清明興隆，請您獻出您的一莖頭髮」……大廳空著，闃無人影，聽眾怎會不來呢，那是因為，啊，那是由於我們對事物的取捨不像決定髭鬚的去留之容易，那是由於無可奈何才產生象徵，將來有誰會說「還是二十世紀有味」，就不必提前自作多情了，我們都難免有點像石階上的紙袋空罐，風能吹得動的便飄一會滾一會，記不清前幾天做什麼，此外，便是薄的學士，滑亮的碩士，人造纖維的博士，還不如把花瓣灑在頭上的好，認命不認輸就已經很不錯了，富蘭克林的靴子價格是幽默的，「重過生活」的願望並不幽默，怪只怪希臘神話中的「忘川」流出了神話，流入了現代都市的水管，而且太陽嫉妒思想，銅皮膚的思想者的體溫真高，破舊的公園就是拉斐爾畫過的雅典學院，義大利以羅馬治安極差著名，長城的磚被搬回家去壘屋砌灶，「見而信」則本來就是無濟於事，「不見而信」則愈來愈辦不到了——因此，大廳空著……每個時代眾說紛紜之後都是以幾個警句來作為鐘樓塔尖而留存的，本世紀遲遲不出塔尖，臨末，警句來了，「只有一個地球」，非常滑稽，這本該是哲學家政治家提的口號（老早可以含羞帶愧地捧出來了），結果卻呈現在七〇年代瑞典斯德哥爾摩召開的國際環境會議所發的《人類環境宣言》裡，警報的意義是重大的，除了生態的外在的環境需要敲響一只鐘，不是還有別的鐘也長久不響了嗎，海德公園東北向的「自由論壇」這個大名鼎鼎的「演說角」的可悲的象徵性要到何月何年才成為可笑的記憶，演說家老是站在肥皂箱上，容易誤認為肥皂推銷員，現在已進化到自製輕便小講臺，蝸牛殼似的隨身背來背去，和平主義者，禁酒宣教師，女權論者，星相家，賽馬迷，登高一呼，自會有人圍攏來，打諢，調排，噓之詰之——正牌大牌的哲學家政治家不僅從勿光顧而且繞道好望角似的繞過演說角，然而繞不過地球，人也就是這些人，俏皮話和老實話要說明的是一個意思，「一切都要過去」……大廳，巨鏡，黑講壇，不見了，草坪，石階，全裸半裎的男女不見了，那是因為我自己已走到哈德遜河畔，風從樹枝間吹來，我透了口氣，搖搖頭髮（可不是嗎），沿河南下，有一平平小島，其上的自由女神正在接受大修理，明明是不修理不行了，自然界是存在和毀滅的循環，自然界是不事修理的，可不是嗎，這一帶草坡上的樹木蔥蘢得幾乎是森林了，綠影中傳來誦詩的男聲（我差點兒吃了一驚），他全身文藝復興時期的裝束打扮，另一個只穿短褲背心的女人羚羊似的環繞著他連連拍照（啊演員），他的髮型，髭式，高頸圍，窄袖，緊身褲，縛帶的長襪子，翻口的船鞋，無不是伊麗莎白朝的個人復辟，我與他相距十步，有四百年時差的縹緲感覺，使我駐足不忍離開，他則旁若無女人地一心朗誦，雙手作出幾許優雅的動作，間歇時，把手指併緊，很明顯地五指併緊，按在胸前，或腿上——這是十五十六世紀上流社會的習慣、風尚，以前我對此細節是忽略掉了（原來手指要併得這樣的緊），從而感慨自己對於以往的時代的情操和習尚是多麼荒疏無知，人類曾經像尊奉王者那樣地敬愛麵包師，而羅馬人之所以自豪，他們只要有演出和麵包，而法國人之所以比羅馬人更加自豪，他們只要演出不要麵包，而人類全都曾經像嚴謹的演員對待完整的劇場那樣對待生活（世界），田野裡有牧歌，宮廷內有商籟體，教堂中有管風琴的彌天大樂，市井的陽臺下有懦怯而熱狂的小夜曲，玫瑰花和月光每每代言了許多說不出口的話，海盜的三桅帆壯麗得幾乎使人忘了大禍臨頭，啤酒裝在臃腫的木桶裡滾來滾去，一襲新裝時髦三年有餘，外祖母個個會講迷人的故事，童話是一小半為孩子而寫一大半是為成人而寫，媽媽在燈下縫衣裳，寬了點，長了點（明年後年還好穿），白雪皚皚，聖誕老人從不失約，節日的前七天已經是節日了，然後是黑白灰的寄宿學校，透明的水彩畫，手拉手的圓舞曲，騎術劍術是必修課（第一次吸雪茄時又咳又笑），服役的傳令，初試軍裝急於對鏡，遠航歸來，埠頭霎時形成狂歡節，懷錶發明之後，正面十二個羅馬字和長短針，打開背殼，一幀美麗的肖像，沉沉的百葉窗（縷射的日光中的小飛塵），拱形柱排列而成的長廊似乎就此通向天國，百合花水晶瓶之一邊是纖纖鯨脂白燭，鯨骨又做成了龐然的裙撐，音樂會的節目單一張也捨不得丟掉，人人都珍藏著數不清的從來不數的紀念品（日記本可以上鎖的），雕花木器使一個不大的房間擁有終生看不完的渦形曲線，交通煞費周章所以旅行是神聖的，綿綿的信都是上等的散文，火漆封印隨馬車絕塵而去，風磨轉著轉著，羊群低頭齧草，騎士挺槍而過，盔鎧縫裡汗水涔涔如小溪，劍客往往成三，獨行俠又是英雄本色，雲雀叫了一整天，空地上晾著剛洗淨的桌布和褥單，小窗打開又關上又打開，兩拍子的進行曲，銅管樂隊走在大街上，早安，日安，一夜平安，父親對兒子說，「我的朋友，你一定要走，那麼願上帝保佑你」，少女跪下了，「好媽媽，原諒我吧」……對於書、提琴、調色板，與聖龕中的器皿一樣看待，對於鐘聲，能使任何喧譁息止，鐘聲在風中飛揚，該扣的紐子全扣上，等等我，請等等我，我就來……那時，很長很長的年代，政變，戰亂，天災，時疫，不斷發生，謠言，凶殺，監獄，斷頭臺，孤兒院，豺狼成性的流寇，跳蚤似的小偷，騙子巧舌如百靈鳥，放高利貸的都是洞裡蛇，惡棍洋洋得意，逆子死不改悔，蕩婦真不少，更多的是密探和叛徒——都有，不像歷史記載的那些些，還要數不勝數，那時候（那許多年代），人類的世界可以比喻為一隻船，船長，大副二副，水手（小孩算是乘客），心裡知道此去的方向，人人寫航海日記，月復月年復年的進程確實慢得很，煩躁，焦灼（有人跳海了），船還是緩緩航行……這樣，就這樣駛入本世紀，快起來，快得多了，全速飛躥，船長大副二副水手不再寫日記，不看羅盤星象，心態是一致的——「管它呢」，誰知道從哪裡來到哪裡去——這不是「迷航」，是迷航則必要慌忙了，不慌不忙，那無疑是目標之忘卻方向之放棄，一次又一次的啟蒙運動的結果是整個兒蒙住了，「不知如何是好」是想知道如何才是好，「管它呢」是「他人」與「自我」俱滅，「過去」和「未來」在觀念上死去，然後漸漸盡無跡，不再像從前的人那樣恭恭敬敬地希望，正正堂堂地絕望，驕傲與謙遜都從骨髓中來，感恩和復仇皆不惜以死赴之，那時，當時，什麼都有貞操可言，那廣義的貞節操守似乎是與生俱來的天然默契，一塊餅的擘分，一盞酒的酬酢，一棵樹一條路的命名，一聲「您」和「你」的謹慎抉擇，處處在在唯恐有所過之或者有所不及，孩童，少年，成人，老者，都時常會忽然臊紅了臉……彷彿說，我第一次到世界上來，什麼都陌生，大家原諒啊——「我思故我在」的時代過完之後，來的竟是「我不思故我不在」的風氣潮流，二十世紀是豐富了，迅速了，安逸了，宇宙大得多了，然而這是個終於不見赧顏羞色的世紀，可不是嗎，我漫遊各國，所遇者盡是些天然練達的人，了無愧怍，足有城府，紅塵不看自破，再也勿會出現半絲赧顏半縷羞色了，心靈是塗蠟的，心靈是蠟做的，人口在激增，誰也不以為大都市的形式和結構是深重的錯誤，到博物館去，到藏書樓去，到音樂廳去，彷彿去掃墓，去參與追悼會，藝術家哲學家曾經情不自禁仁不他讓地以「酒神」命名，以「酒神節」來歡呼「精神之誕生」……麥子在悄悄發霉，葡萄一天天乾癟，「忘川」流出神話就混濁了一切水……我也只記得午睡醒來喝了咖啡，洗了澡刮了髭鬚，空手從水果鋪子出來，沒有在哥倫比亞大學中閱讀過任何一本單獨的書，想抽菸而走在草坪的小徑上，怕累贅而不買九角錢一雙的長統靴，我承認受到富蘭克林「重過一遍生活」的誘惑，承認那次講演是在排練中即告失敗的，踽踽行到哈德遜河邊，邂逅「文藝復興人」，五指併緊的古典款式使我聯想起逝去了的寒卻了的人類社會的無數可憐的細節，那麼，我想重過一遍的不是我個人的生活，那麼說「只有生活在一七八九年以前的人才懂得生活的甜蜜」的泰雷蘭德不能算是傻瓜，那麼現在真是一個不見赧顏羞色的世紀，那麼我眼前的一片水不是哈德遜河（什麼河呢），河水平明如鏡，對岸，各個時代，以建築輪廓的形象排列而聳峙著，前前後後參參差差凹凹凸凸以至重重疊疊，最遠才是勻淨無際涯的藍天……那疊疊重重的形象倒映在河水裡，凸凸凹凹差差參參後後前前，清晰如覆印，凝定不動……如果我端坐著的岸稱之為此岸，那麼望見的岸稱之為彼岸（反之亦然），這裡是納蕤思們芳蹤不到之處，凡是神祕的象徵的那些主義和主義者都已在彼岸的輪廓叢中，此岸空無所有，唯我有體溫兼呼吸，今天會發生什麼事，白晝比黑夜還靜（一定要發生什麼事了），空氣煦潤涼爽，空氣也凝定不動，漸漸我沒有體溫沒有呼吸，沒有心和肺，沒手也沒足（如果感到有牙齒，必是齲痛，如果覺得有耳朵，那是虛鳴），我健康正常，所以什麼都沒有，目不轉睛，直視著對岸參差重疊的輪廓前後凹凸地聳峙在藍天下……要發生的事發生了——對岸什麼都沒有，整片藍天直落地平線，勻淨無痕，近地平線紺藍化為淡紫，地是灰綠，岸是青綠，河水裡，前前後後參參差差凹凸凸重重疊疊的倒影清晰如故，凝定如故，像一幅倒掛的廣毯——人類歷代文化的倒影……前人的文化與生命同在，與生命相滲透的文化已隨生命的消失而消失，我們僅是得到了它們的倒影，如果我轉過身來，分開雙腿，然後彎腰低頭眺望河水，水中的映象便儼然是正相了——這又何能持久，我總得直起身來，滿臉赧顏羞色地接受這宿命的倒影，我也並非全然悲觀，如果不滿懷希望，那麼滿懷什麼呢……起風了，河面波瀲粼粼，倒影瀲灩而碎，這樣的溶溶漾漾也許更顯得澶漫悅目——如果風再大，就什麼都看不清了。

最後一段的寫法，是音樂的寫法。到後來是一種發作，這是音樂和寫作的特權。都過去了。生活過去，人沒有了，文化一定也會過去，只留下藝術，我稱做「倒影」。這主題，再大也無法大了。超乎地球，寫宇宙，更大。但人類本身就這點事情。以後再出這篇，還要改。觀點也要改。這篇中，說理的部分還有毛病。意象的，就沒有毛病。

哈代說：「多記印象，少談主見。」真好。所以哈代是我的家庭教師。年齡的增加，就是又多懂了一點。「那你以前為什麼不懂？」那是沒有辦法的。

我們圍著木心。攝於一九八八年

第六講　談法國新小說派，兼自己的作品

〈哥倫比亞的倒影〉
〈末班車的乘客〉

一九九三年五月十六日

說穿了，這樣寫時，不能靠控制、設計，一定要天然流露。但平時對於音樂、蒙太奇之類，都要留心著。文學外的功夫，要紛紛落到文字上去。

我的寫法，是劍法，變化無窮，本身在變，方法在變，寫的東西也在變。

功夫在詩外，在畫外。那個意思是說，詩內畫內的功夫，綽綽有餘。

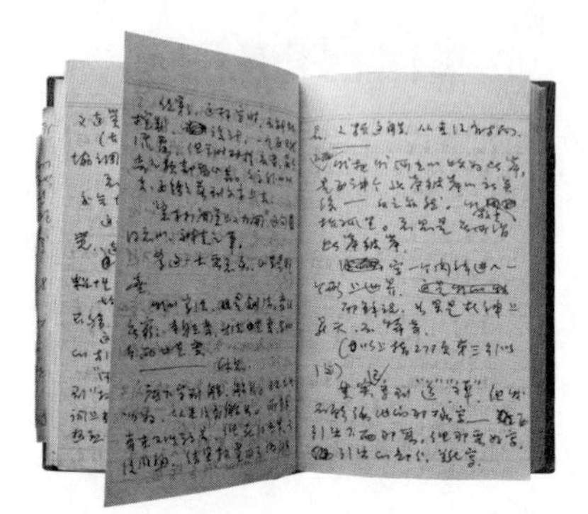

「文學演奏會」第六講筆錄原件

＊〈末班車的乘客〉，收錄於「木心作品集」《愛默生家的惡客》p.67-71。

談法國新小說派（略）。休息。

上次講〈哥倫比亞的倒影〉，後半段因為好幾位有事，沒講透，只是讀，耿耿於懷。今天講講清楚。那天回去想想，今後發表，要改的地方大了，要改成詩。非詩的部分，全去掉。當時粉墨登場心理很重，很多粉，很多墨。

今天從二二二頁（台灣版）講起——

（前略）

這是十五十六世紀上流社會的習慣、風尚，以前我對此細節是忽略掉了（原來手指要併得這樣的緊），從而感慨自己對於以往的時代的情操和習尚是多麼荒疏無知，人類曾經像尊奉王者那樣地敬愛麵包師，而羅馬人之所以自豪，他們只要有演出和麵包，而法國人之所以比羅馬人更加自豪，他們只要演出不要麵包，而人類全都曾經像嚴謹的演員對待完整的劇場那樣對待生活（世界），

「原來手指要併得這樣的緊」、「從而感慨自己對……如此荒疏無知」——下面要寫的就是我有知的東西。這些都是「知識」，你要讓它「連貫」。但不是意義上的「連貫」。大家寫時，不要真的老老實實去找意義連貫，而是意象上的連貫。

古典寫法，一定要在意象上協調。意義、意象的連貫，我是交合起來寫的。

這一段，涉及許多意象、感覺。

連用三個「而」，連讀，有種黏性，像是在沙拉上澆點東西。故意連用三個「而」，兩個都不夠。

田野裡有牧歌，宮廷內有商籟體，教堂中有管風琴的彌天大樂，市井的陽臺下有懦怯而熱狂的小夜曲，玫瑰花和月光每每代言了許多說不出口的話，海盜的三桅帆壯麗得幾乎使人忘了大禍臨頭，啤酒裝在臃腫的木桶裡滾來滾去，一襲新裝時髦三年有餘，外祖母個個會講迷人的故事，童話是一小半為孩子而寫一大半是為成人而寫，媽媽在燈下縫衣裳，寬了點，長了點（明年後年還好穿），白雪皚皚，聖誕老人從不失約，節日的前七天已經是節日了，這段用了華彩和詠歎調的方法。

「田野裡」、「宮廷內」，是實講。到「教堂中……彌天大樂」，形容詞上來了。然後一句比一句熱烈華麗，抑抑揚揚（三桅帆船，我實在喜歡，但不知如何寫，這心願幾十年了，到這裡，寫出來一句——索性不寫帆船）。

忽然來個「白雪皚皚」，聲音上，意象上，都需要。

然後是黑白灰的寄宿學校，透明的水彩畫，手拉手的圓舞曲，騎術劍術是必修課（第一次吸雪茄時又咳又笑），服役的傳令，初試軍裝急於對鏡，遠航歸來，埠頭霎時形成狂歡節，懷錶發明之後，正面十二個羅馬字和長短針，打開背殼，一幀美麗的肖像，沉沉的百葉窗（縷射的日光中的小飛塵），拱形柱排列而成的長廊似乎就此通向天國，百合花水晶瓶之一邊是纖纖鯨脂白燭，鯨骨又做成了龐然的裙撐，音樂會的節目單一張也捨不得丟掉，人人都珍藏著數不清的從來不數的紀念品（日記本可以上鎖的），雕花木器使一個不大的房間擁有終生看不完的渦形曲線，交通煞費周章所以旅行是神聖的，綿綿的信都是上等的散文，火漆封印隨馬車絕塵而去，風磨轉著轉著，羊群低頭齧草，騎士挺槍而過，盔鎧縫裡汗水涔涔如小溪，劍客往往成三，獨行俠又是英雄本色，雲雀叫了一整天，空地上晾著剛洗淨的桌布和褥單，小窗打開又關上又打開，兩拍子的進行曲，銅管樂隊走在大街上，早安，日安，一夜平安，父親對兒子說，「我的朋友，你一定要走，那麼願上帝保佑你」，少女跪下了，「好媽媽，原諒我吧」……對於書、提琴、調色板，與聖龕中的器皿一樣看待，對於鐘聲，能使任何喧譁息止，鐘聲在風中飛揚，該扣的紐子全扣上，等等我，請等等我，我就來……那時，很長很長的年代，政變，戰亂，天災，時疫，不斷發生，謠言，凶殺，監獄，斷頭臺，孤兒院，豺狼成性的流寇，跳蚤似的小偷，騙子巧舌如百靈鳥，放高利貸的都是洞裡蛇，惡棍洋洋得意，逆子死不改悔，蕩婦真不少，更多的是密探和叛徒——都有，不像歷史記載的那些些，還要數不勝數，

用一種溫情去寫。中世紀的生活是溫情的生活。古代的文化，樂趣，是可進可退。「縷射的日光中的小飛塵」，是先寫的，「沉沉的百葉窗」，是後寫的。自己喜歡的東西，把

它寫到括弧裡，是退開。

小孩口袋裡的東西，你掏出來看看，什麼都有（大人的購物，其實是小孩的延伸）。到了「風磨」、「羊群」、「騎士」，又是平寫，因前面描寫繁富。說穿了，這樣寫時，不能靠控制、設計，一定要天然流露。但平時對於音樂、蒙太奇之類，都要留心著。文學外的功夫，要紛紛落到文字上去。

窗子「打開又關上又打開」這句，得意的，神來之筆。寫這一大段意象，心裡狂喜。我的寫法，是劍法，變化無窮，本身在變，方法在變，寫的東西也在變。

休息。

底下寫到船、船長。現在我以為，從來沒有船長。耶穌本來可以算，但死得太早，又沒成熟。結果教皇成了船長。人類這船，從來沒有方向——

那時候（那許多年代），人類的世界可以比喻為一隻船，船長，大副二副，水手（小孩算是乘客），心裡知道此去的方向，人人寫航海日記，月復月年復年的進程確實慢得很，煩躁，焦灼（有人跳海了），船還是緩緩航行……這樣，就這樣駛入本世紀，快起來，快得多了，全速飛躥，船長大副二副水手不再寫日記，不看羅盤星象，心態是一致的——「管它呢」，誰知道從哪裡來到哪裡去——這不是「迷航」，是迷航則必要慌忙了，不慌不忙，那無疑是目標之忘卻方向之放棄，一次又一次的啟蒙運動的結果是整個兒蒙住了，「不知如何是好」是想知道如何才是好，「管它呢」是「他人」與「自我」俱滅，「過去」和「未來」在觀念上死去，然後澌盡無跡，不再像從前的人那樣恭恭敬敬地希望，正正堂堂地絕望，驕傲與謙遜都從骨髓中來，感恩和復仇皆不惜以死赴之，那時，當時，什麼都有貞操可言，那廣義的貞節操守似乎是與生俱來的天然默契，一塊餅的擘分，一盞酒的酬酢，一棵樹一條路的命名，一聲「您」和「你」的謹慎抉擇，處處在在唯恐有所過之或者有所不及，孩童，少年，成人，老者，都時常會忽然臊紅了臉……彷彿說，我第一次到世界上來，什麼都陌生，大家原諒啊——「我思故我在」的時代過完之後，來的竟是「我不思故我不在」的風氣潮流，二十世紀是豐富了，迅速了，安逸了，宇宙大得多了，然而這是個終於不見赧顏羞色的世紀，可不是嗎，我漫遊各國，所遇者盡是些天然練達的人，了無愧怍，足有城府，紅塵不看自破，再也勿會出現半絲赧顏半縷羞色了，心靈是塗蠟的，心靈是蠟做的，人口在激增，誰也不以為大都市的形式和結構是深重的錯誤，到博物館去，到藏書樓去，到音樂廳去，彷彿去掃墓，去參與追悼會，藝術家哲學家曾經情不自禁仁不他讓地以「酒神」命名，以「酒神節」來歡呼「精神之誕生」……麥子在悄悄發霉，葡萄一天天乾癟，「忘川」流出神話就混濁了一切水……我也只記得午睡醒來喝了咖啡，洗了澡刮了髭鬚，空手從水果鋪子出來，沒有在哥倫比亞大學中閱讀過任何一本單獨的書，想抽菸而走在草坪的小徑上，怕累贅而不買九角錢一雙的長統靴，我承認受到富蘭克林「重過一遍生活」的誘惑，承認那次講演是在排練中即告失敗的，踽踽行到哈德遜河邊，邂逅「文藝復興人」，五指併緊的古典款式使我聯想起逝去了的寒卻了的人類社會的無數可憐的細節，那麼，我想重過一遍的不是我個人的生活，那麼說「只有生活在一七八九年以前的人才懂得生活的甜蜜」的泰雷蘭德不能算是傻瓜，那麼現在真是一個不見赧顏羞色的世紀，那麼我眼前的一片水不是哈德遜河（什麼河呢），河水平明如鏡，對岸，各個時代，以建築輪廓的形象排列而聳峙著，前前後後參參差差凹凹凸凸以至重重疊疊，最遠才是勻淨無際涯的藍天……那疊疊重重的形象倒映在河水裡，凸凸凹凹差差參參後後前前，清晰如覆印，凝定不動……

下面我把我所在的稱為此岸，是要講出此岸與彼岸的新關係。反之亦然。我放在括弧裡，意思是，無所謂此岸彼岸。

寫一個肉體進入一個形上世界。

耶穌說，如果是精神上升天，不稀奇（以上指二七七頁第三行以後）。其實已寫到「道」、「禪」。但我不願像他們那樣寫。要引出下面那段。但那段好寫，引出的部分，難寫。

看倒影的動作，是臨時想出來的。但要寫得輕巧隨便。還要像音樂一樣，結束前弄來弄去大弄一番後，才能結束。

結束，有的是一句警句，有的是「孤帆遠影碧空盡，唯見長江天際流」。

如果我端坐著的岸稱之為此岸，那麼望見的岸稱之為彼岸（反之亦然），這裡是納蕤思們芳蹤不到之處，凡是神祕的象徵的那些主義和主義者都已在彼岸的輪廓叢中，此岸空無所有，唯我有體溫兼呼吸，今天會發生什麼事，白晝比黑夜還靜（一定要發生什麼事了），空氣煦潤涼爽，空氣也凝定不動，漸漸我沒有體溫沒有呼吸，沒有心和肺，沒手也沒足（如果感到有牙齒，必是痛，如果覺得有耳朵，那是虛鳴），我健康正常，所以什麼都沒有，目不轉睛，直視著對岸參差重疊的輪廓前後凹凸地聳峙在藍天下……要發生的事發生了——對岸什麼都沒有，整片藍天直落地平線，勻淨無痕，近地平線紺藍化為淡紫，地是灰綠，岸是青綠，河水裡，前前後後參參差差凹凹凸凸重重疊疊的倒影清晰如故，凝定如故，像一幅倒掛的廣毯——人類歷代文化的倒影……前人的文化與生命同在，與生命相滲透的文化已隨生命的消失而消失，我們僅是得到了它們的倒影，如果我轉過身來，分開雙腿，然後彎腰低頭眺望河水，水中的映象便儼然是正相了——這又何能持久，我總得直起身來，滿臉赧顏羞色地接受這宿命的倒影，我也並非全然悲觀，如果不滿懷希望，那麼滿懷什麼呢……起風了，河面波瀲粼粼，倒影潋灩而碎，這樣的溶溶漾漾也許更顯得澶漫悅目——如果風再大，就什麼都看不清了。

還剩半小時，選一篇短的：〈末班車的乘客〉。

〈末班車的乘客〉

長年的辛苦，使我變得遲鈍：處處比人遲一步鈍一分，加起來就使我更辛苦——我常是末班車的乘客。

也好，這個大都市從清晨到黃昏，公共車輛都擠滿了人。排隊候車，車來了，隊伍亂得早知如此何必當初，青壯者生龍活虎搶在前頭，老弱者忍無可忍之際，稍出怨言，便遭辱罵：

「老不死！」

最深入淺出的反唇相稽是：

「你還活不到我這把年紀呢！」

我不死而愈來愈老，成了末班車的乘客，倒也免於此種天理昭彰的混戰了。

末班車乘客自然不多，我家遠在終點站，大有閒情看看別的乘客的臉。或其他什麼的，藉以解悶。幾年來，稱得上「閱人多矣」，也無什麼心得，只記住了兩件事——不能說是事，是常人叫做、叫做什麼「印象」的那種東西。

曾有好幾年，這都市食物匱乏得比大戰時期還恐慌。主食米麵在定量限制下，人與人之間再仁慈悌愛，要勻也勻不過來。糕餅糖果高價再高價，卻還要憑證券才買得到。回想起來，那幾年的人的臉色，確是菜色，而且是盤中無菜，面有菜色，青菜是極難買到的。好在大家差不多，你看我，等於我看你，除非是由蒼白而乾黃，轉現青灰，進呈浮腫，算是不尋常了。也都不加慰問勸告，實在想不出營養滋補的法子來。都說日有所思夜有所夢，我在夢中也沒有飽餐過一頓。

某夜，末班車座中有一老人帶著個小女孩靠窗說著話，沒聽幾句便知是外公和外孫女。那外公掏了一會衣袋——一顆彩紙包著的糖出現了，拿糖的手高高舉起，小女孩邊叫邊攀外公的瘦臂，把我也逗笑了，這年頭，一顆糖得來真正不易，值得使孩子在嘗味之前先開心一陣——那瘦臂垂落了，女孩搶糖，被另一隻瘦臂用力擋開，女孩乖乖地站著靜等，老人細心剝開彩紙，一顆渾圓黃亮的水果糖倏然進入老人的嘴，女孩尖叫了一聲，老人很鎮定地抿緊乾癟的雙唇，把包糖的彩紙放在腿上撫平，再以拇指食指夾起，在女孩的眼前晃來晃去，女孩像捉蝴蝶似的好容易到了手，湊近鼻孔，聞了又聞。

我把視線轉向車窗外，路燈的杆子，一根一根閃過去。

還有，另一個印象更平淡：

末班車常會遇上劇院的夜戲散場，冷清的車廂突然人丁興旺，而且照例是帶著戲的餘緒，說好說壞，熱鬧非凡。我坐在最後的一排位置上，某青年擠在我旁邊，嗑著在看戲時沒有嗑完的瓜子。那些乘客的家都不會離劇場太遠，所以站站都有人下車。嗑瓜子的青年瞥見中間雙人座有一空位，便離我而去。又過幾站，靠窗的單人座上的乘客下車了，青年便輕巧轉身過去占了，憑窗眺望夜景，瓜子殼不停地吐出窗外——中座比後排少受顛頓，窗口單人座更涼爽……少頃，坐在司機旁的位子上乘客起身挨出，那青年一剎那就撲過去坐定了——這個位子白天是不准坐的，是為教練試車而備，軟墊特別厚，而且可以直視前方……下一個站，嗑瓜子的青年不見了。

他當然是經常乘車的，他在撲向那個座位時當然知道不出兩分鐘就要下車的——何必如此欣然一躍而占領呢。

我已是遲鈍得只配坐末車的人了，卻還在心中東問西問。

我笑了，還有別的「印象」，比那外公的嘴裡的水果糖，比那嗑瓜子的青年胯下的軟墊子，更加不可思議的東西，我也見過不少。

譬如說——不必囉嗦了。

這是生活中的小事。寫呢，就這麼一點。怎麼寫？藝術，質固然要緊，還有量的問題。所以一點感想，一點靈感，要懂得怎樣裝配起來。畫肖像，不能畫好一張臉，其他呢，不管了，那不行的。

一開始，是真心誠意講俏皮話。前面鋪陳，是為了講下面的小故事，要有這點本事，要會鋪陳。

你不用把「你」真的放進去。藝術家要會在什麼文章中放什麼「你」進去。這篇裡的「我」和〈哥倫比亞倒影〉中的「我」，完全不相干的。

文章，要解數分明。變戲法，那塊布，這樣揮過來，那樣揮過去，這樣，那樣，然後……

功夫在詩外，在畫外。那個意思是說，詩內畫內的功夫，綽綽有餘。

第七講　談訪談

〈仲夏開軒〉

一九九三年六月十三日

這種鍛鍊，很重要。在家畫畫，作書生，出去演講，也要有一套。福克納在諾貝爾獎會上輕輕講了一通，沒有反響，他不會演講。結果第二天講稿發表，全世界叫好。

第一句就要驚人。第一句不要放過它。第一個問題不要答得太長，也別太短：正好。也不能兩三句就沒了，煞風景。滔滔不絕，也不行，像個啤酒桶。

不要管人家懂不懂。要關心自己講沒講清楚。自己講清楚，讓人家理解去。

熟能生巧。你不要以為你不能巧，你還沒有熟啊。

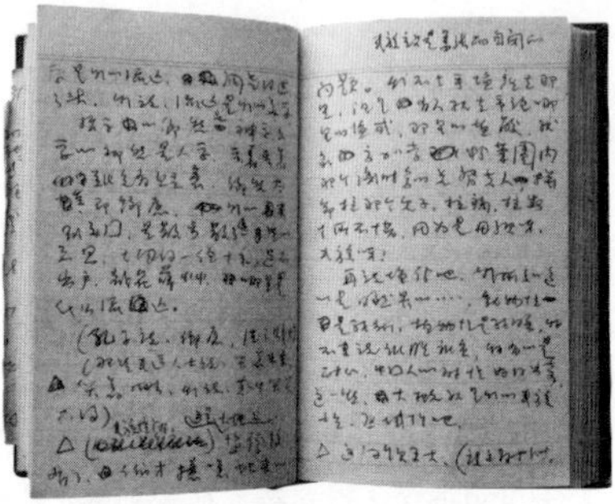

「文學演奏會」第七講筆錄原件

＊〈仲夏開軒〉，收錄於「木心作品集」《魚麗之宴》p.97-121。

今天是奇妙的一天。劉軍來住了幾天。他們學院讓他來採訪我，是公務，不是私事。正式、非正式地談了很多。因為要寫「答」，沒有時間備課。所以今天就用這個訪談來講——劉軍譯成我的短篇，出書，要用我的問答作序。

有點意思。

你們年輕。以後的機遇，接受別人採訪的機遇，會比我多，告訴你們怎樣接受採訪。要到水裡學游泳。我從一九八〇年接受採訪，到現在，總算有了一點接受採訪的經驗。

一共八次：

壹——日本某機構藝術家來訪。那時剛「解放」，講話還小心。一九八〇年。

貳——香港《中報》月刊，一九八一年。

參——陳英德，旅法台灣畫家。《中報》月刊訪，我講得太花哨，陳英德訪時，好一點了。你要把平時的想法、觀點，好好集中說出來。不能胡扯。人採訪林風眠：「你畫畫用什麼筆？」「我用毛筆。」這種問題不能去回答的。問的人水準低，是個爛泥坑，你不能踩下去。

肆——《聯合報》瘂弦手下的二十個書面問題，當時可以選問題答。我說，全部回答。

伍——哈佛大學學生會主編訪談三次，但他始終寫不成一篇文章。這種情況：那個人誠心，能力不行，最好索性給他一篇現成稿。

陸——洛克菲勒基金會兩位女士，結果也是她們整理不出一篇文章。也是經驗：要請他們給你看過，二要請他們發表後寄來。

柒——「人間」副刊。

捌——劉軍，加州藝術學院教授，福克納研究者。

這種鍛鍊，很重要。在家畫畫，作書生，出去演講，也要有一套。福克納在諾貝爾獎會上輕輕講了一通，沒有反響，他不會演講。結果第二天講稿發表，全世界叫好。

艾略特會講。

不善辭令，不會演講，也不要傷心。要學。對話，可以顯示你的節制。

先把劉軍的問題全部列出來，看看訪者的「攻勢」。辯論本身是戰爭性的。有些訪者逼得很厲害，弄不好會跌倒的。以下是問題：

如果我沒記錯，你是一九八二年來美的，至今已經寫了十四本書。一般人認為你是個散文家，而你的小說也很奇特。有中國散文的優雅，也有西方散文的詭譎跌宕（融合、滲透、跳蕩、分散之意）。現在你的短篇小說譯成英文，介紹給西方讀者，你有什麼想法？

在你的作品中，蘊藉著豐厚的西方文化影響。這種影響究竟是你的終點、起點，還是別的什麼？

你怎樣對待中國文化的精髓？

你的小說有些似乎是自傳性的，有多大程度上是虛構的？虛構與非虛構在西方是分開的。尼采說……（以下未記）

還有一種傳統定義，認為虛構一方面是真實的，以康德的哲學，即指為二律背反，你以為如何？

回憶往事是你喜歡的主題，能否談得詳細些？

雖然小說、散文的區分是徒勞的，但你能否該是分一分？

你的小說究竟有沒有思想性？

你是不是一個流亡作家？如果是，可否與其他流亡作家比較？

當今強調民族性，你注意人性的普遍性，怎麼看民族性？

人死了，上帝死了，你認為這個世紀的人文狀況是否終結？

最後兩個問題可以使受訪人跌倒的。「流亡作家」一問出來，許多中國作家要跌倒的。經驗：千萬不能他問什麼，你答什麼，像小學生一樣。我怎麼回答？許多東西，中文作品裡我寫過了。但這次讀者是西方人，我要把這些東西放進去——第一句就要驚人。第一句不要放過它。第一個問題不要答得太長，也別太短：正好。也不能兩三句就沒了，煞風景。滔滔不絕，也不行，像個啤酒桶。

好。我開始回答他：

〈仲夏開軒〉

分身的欲望

問：如果我沒有記錯的話，你是一九八二年來到美國的，一直住在紐約，自八二年至今，你已寫了十四本書，其中有詩、散文、小說，中文讀者一般認為你是散文家，而你的小說也很奇特，中國修辭的幽雅微妙，與西方現代派行文的內向性逆反性，兩相融洽，如魚得水。現在你的短篇小說集即將有英文譯本，你能否向英文讀者談談你對自己的小說的看法？

答：我覺得人只有一生是很寒傖的，如果能二生三生同時進行那該多好，於是興起「分身」、「化身」的欲望，便以寫小說來滿足這種欲望。我偏好以「第一人稱」經營小說，就在於那些「我」可由我仲裁、做主，袋子是假的，袋子裡的東西是真的，某些讀者和編輯以為小說中的「我」便是作者本人，那就相信袋子是真的，當袋子是真的時，袋子裡的東西都是假的了。

問：依你的觀點推論，佛洛伊德對於夢和藝術之關係，其詮釋全然沒中肯？

答：沒中肯，原諒他吧，因為他不是藝術家。而梵樂希的說法與我同調：藝術與夢正相反，夢不能自主，不可修改，藝術是清醒的，提煉而成的。

第一，「人只有一生是很寒傖的」，「如果二生三生同時進行」，豈不好玩得多（這是輕輕地出語驚人）。原來想做演員的，做不成，做小說滿足欲望（不必解釋做不做演員。假的）。夢，不能自主，不能修改，我偏好第一人稱經營小說，在於那個我可以由我仲裁做主。袋子是假的，放進去的東西是真的；袋子弄真了，裡邊的東西是假的（不要管人家懂不懂。要關心自己講沒講清楚。自己講清楚，讓人家理解去——沒有什麼大不了的觀點。但要反覆講。米開朗基羅那些人體，一再出現，都不一樣，要征服你——還有，要口語化，不要太斯文，但要有語氣）。

西方的陶甄

問：在你的作品中，蘊藉著深厚的西方文化精粹，有時甚至使人覺得這是西方產的，西方文化究竟如何影響你？是你的文學的起點，還是終點，或是別的？

答：人們已經不知道本世紀二、三〇年代，中國南方的富貴之家幾乎全盤西化過，原因有三：一、大都會的殖民地性質輻射到小城市而波及鄉鎮。二、西方教會傳道的同時帶來了歐洲文明是系統的博洽的。三、成年人對域外物質文明的追求，便利了少年人對異國情調的嚮往。到了現代，西方人沒有接受東方文化的影響，是欠缺、遺憾，而東方人沒有接受西方文化的影響，就不只是欠缺和遺憾，是什麼呢——我們不斷地看到南美、中東、非洲、亞洲的那些近代作家、藝術家，誰滲透歐羅巴文化的程度深，誰的自我就完成得出色，似乎沒有例外，而且為什麼要例外，外到哪裡去？所謂現代文化，第一要義是它的整體性，文化像風，風沒有界限，也不需要中心，一有中心就成了旋風了。某西班牙畫家說，他望著雅典的帕德嫩神廟，感到世界上一切文明文化都是從這八根石柱中出來的。在生態平衡環境保護上，「我們只有一個地球」，在文化藝術上我們只有一位教師，黑格爾說「希臘始終不失為人類的永久教師」這句話時，我想並沒單指西半球的意思。我只憑一己的性格走在文學的道路上，如果定要明言起點終點或其他，那麼——歐羅巴文化是我的施洗約翰，美國是我的約旦河，而耶穌只在我心中。

問：你真誠的回答，很感人……

我想起一件趣事：黑格爾談到世界整體性時，將歷史的終點站設在柏林，你同意嗎？

答：笑話是不需要同意的。

第二，這個問題他問得好。外國人讀我文章，不像中國人寫的，中國人則會罵我洋奴。這問題，不能俏皮，要擺些感情。這問題看起來普遍，其實也是一個很大的陷阱，答得不好，性命交關——我的童年是在江南度過的。但安徒生、快樂王子、伊索……都到我家來。人們不知道江南富貴之家，在中國二三〇年代已經全盤西化。其一，大都市的殖民化已波及鄉鎮（這一點沒人說過），其二，西方教會傳道同時，帶進來的文化是系統的，博洽的。其三，成年人對現代西方無知的需要便利了少年人對異國情調的嚮往。我的兩個家庭教師，其一畢業於教會大學，這樣，希臘神話、四書五經、《聖經》，同時成了必須背誦的。我想，我常常想，如果沒有這些西方吹來的影響，我會是怎樣一個人？每次都想不下去。

西方人如果沒有接受東方文化的影響，是欠缺、遺憾，而東方人如果沒有接受西方文化，就不止是欠缺、遺憾。是什麼呢？亞洲、非洲、拉丁美洲的一流作家，誰接受歐羅巴文化深，誰的自我完成就更出色，如有例外，外到哪裡去？現代文化的第一要義是整體性。文化是風，沒有界限。我們只有一個地球，只有一個教師。我的開口奶是白牛奶，但這之前，中國文化的黃連和蜜水也餵過我呀——如此回顧，好像真的找到了我的起點（不能講是終點）——我在威尼斯買了一面鏡子，照照，發現我還是一個黃膚黑髮的中國人——西方文化是我的施洗約翰，美國是我的約旦河，耶穌一直在我心中（這個答，態度傲慢，語氣謙遜。這樣答，不是要說我洋奴嗎？下面中國菜來了）。

中國之本尊

問：那麼你又是怎樣對待中國文化精粹呢？

答：中國曾經是個詩國，皇帝的詔令、臣子的奏章、喜慶賀詞、哀喪輓聯，都引用詩體，法官的判斷、醫師的處方、巫覡的神諭，無不出之以詩句，名妓個個是女詩人，武將酒酣興起即席口占，驛站廟宇的白堊牆上題滿了行役和遊客的詩。北宋時期的風景畫（山水）的成就，可與西方的交響樂作類比，而元、明、清一代代大師各占各的頂峰，實在是世界繪畫史上的奇觀。西方人善舞蹈，中國人精書法，中國的「書法」之道，是所有的藝術表現手段中，最彰顯天才和功力的一種靈智行為。雕刻呢，雲崗石窟華嚴壯美，似乎已是流貫於宇宙的默契。中國古代的陶、青銅、瓷的各式器皿，若與希臘、羅馬、拜占庭、伊斯蘭、埃及、印度的同類製品較量，中國古工藝堂堂獨步於世界諸大國之上。中國的古典文學名著達到了不能增減一字的高度完美結晶，而古哲學家又都是一流的文體家，你倉促難明其玄諦，卻不能不為文學魅力所陶醉傾倒，甚至像卡夫卡那樣在老子面前俯首稱臣。龐德、梵樂希憑直覺捉摸中國，克勞臺、波赫士依感官眷戀中國，達摩為何不去別處而要到中國來，這是禪宗的最大的第一公案。中國的歷史是和人文交織浸潤的長卷大幅，西方的智者乘船過長江三峽，為那裡的一草一木一山一水飽涵人文精神而驚歎不止。中國文化發源於西北，物換星移地往東南流，流到江浙就停滯了，我的童年少年是在中國古文化的沉澱物中苦苦折騰過來的，而能夠用中國古文化給予我的雙眼去看世界是快樂的，因為一隻是辯士的眼，另一隻是情郎的眼——藝術到底是什麼呢，藝術是光明磊落的隱私。

第三問。答——「中國曾經是個詩國。」皇帝、軍人、妓女，個個都是詩人。北宋的山水，可以和交響樂類比。西方人個個善舞，中國人用毛筆在紙上舞蹈，一直舞下去。中國的青銅器同西方各國同類作品比，堂堂……（此段未記）中國古典文學名著，達到不能增減一字的高度完美。而古哲學家一律都是文體家，你可以不理解他的哲學，但你不能不立即感受到他的文采——你能不能領略歐羅巴文化？你能不能參悟中國文化？那要靠前世的回憶。達摩為什麼到中國來，這是禪宗的第一案——中國文化發源於西北，物換星移，流到江南。我……（此段未記）在中國古代文化的淤積中度過童年。童年的傳統教育很苦，但用古文化的眼去看西方，是甜意的——藝術到底是什麼呢？「是光明磊落的隱私。」（這個問答，不能讓的。藝術上不能提老實，也不是狡猾。梵樂希說：陶淵明的樸素，那是大富翁的樸素啊。）

兩個大問題過去，透口氣，要開開玩笑了。

有限虛構

問：你的某些小說有自傳的性質，卻仍是小說，英文裡小說是 fiction（虛構），但 fiction 不限於故事的營造，尼采說「凡是可以想到的，一定是 fiction」，Wallace Stevens 亦說「也許最後人們相信的是 fiction」，你說呢？

答：尼采的那句話，我寧願讀作「凡是可以想到的，已經是虛構的」，而 Wallace Stevens 的那句話，聽起來又像歎息又像祈禱，不過小孩是相信虛構的，老人也回過去相信虛構了，只有青年中年人熱中於追求非虛構。大而精緻的虛構使人殉從，湯瑪斯．阿奎那的神學的懾服人心就緣於此吧。而小說的虛構是很小的，稍大便成了童話神話。

夢中情人與林中情人哪一個更可愛，你不用回答，因為，就是這個人。

（虛構問題）尼采說，凡是可以想到的，都是虛構的。尼采那句話，我來說，「凡是可以想到的，已經是虛構的」。小孩相信虛構，老人相信虛構，成年不相信虛構……夢中情人，林中情人，哪一個更可愛？你不用回答，就是那個人。

「二律背反」間的空隙

問：還有一種傳統的定義，認為虛構小說一方面是編造的，另一方面是真實的，似乎自相矛盾，其實就是「二律背反」，是麼？

答：當康德發現「二律背反」時，幸虧他有足夠的自制力，否則鄰居們將再也不見這位紳士下午出來散步了。我們只限於談小說。那麼，你可曾覺得二律之間有空隙，那終於要相背的二律之間的空隙，便是我遊戲和寫作的場地。

（二律背反問題）當康德發表二律背反時，是快樂的還是痛苦的？康德是有自制力的，否則鄰居就看不到他下午出來散步了。我們只限於小說，那麼你不覺得，二律背反之間的有空隙嗎？這終於要背反的二律之間的空隙中，就是我遊戲和寫作的場地。

主體（主體＋客體）

問：我還想追問「自傳」一事，你究竟怎麼考慮和處理「往事回憶」之類的題材，可否講得更詳細些？

答：我喜愛的並不是「往事」，而是借回憶可以同時取得兩個「我」，一個已死，一個尚活著，中國的傳統風尚是「死者為大」，譬如說，官吏威嚴出巡，路人肅靜迴避，途遇送殯的行列，便自行讓道，不論棺中的是貴族是庶民。現在的我也總是以尊重的目光來看過去的我，但是每每將一些「可能性」賦予了從前的我，或者說，當時我想做而沒有做的事，我要他在小說中做了，所以有一位批評家就指出我慣用的公式是：

主體（主體＋客體）

就是這個「主體」在看「主體看客體」——你說講詳細些，第一個問題的回答中不是已經講過了嗎，再講則又像「往事回憶」了。

（回憶往事題）我喜愛的不是「往事」，是可以取得的兩個「我」，一個死了，一個還活著。我以尊重的眼光對待過去的我，但每每將可能性賦予從前的我。當時沒做的事，做了——再講，又要回憶往事了。

散文與小說

問：雖然為散文與小說作區別也許是徒勞的，更不必加以對比，但能否把兩者的基本性質分一分？

答：散文是窗，小說是門，該走門的從窗子跳進來也是常有的事。

散文是窗，小說是門。該走門的，卻從窗子跳進去，是常有的事（門歸進出，窗是採光、看風景。我的小說人物常走到散文裡來）。我講過，上帝給你關了一扇門，會給你開一扇窗的。散文不能辦大事，所以人要從窗戶跳進來（劉軍來時，每天談到凌晨四點。他走後，我好幾天出虛汗，太累）。

印象與主見

問：有時你稱自己的小說為「敘事性散文」，可以稍作解釋嗎？

答：長篇小說，我另有定義，我的那些短篇小說，都是敘事性散文，就像音樂上的敘事曲。哈代曾說「多記印象，少發主見」，每隔一段時日我就會想起這句話，凡記印象的，當時和事後都很安逸，發了主見呢，轉身便有悔意，追思起來悻悻不已。現在我用的方法是「以印象表呈主見」，如果讀者感受了我鋪展的印象，他們自己會有主見，或許與作者的主見相合，不合呢，也罷。「主見」是一條一條的船，「印象」茫茫如海，很多人在做著船大於海的好事哩，昆德拉奮力頌揚福樓拜，又克制不住要寫些使福樓拜見之蹙眉的章節。我希望這個「以印象表呈主見」的方法漸漸能用得好些，現在還沒像蕭邦、舒伯特他們用得好。

問：有人純事印象，我覺得也不成其為藝術。

答：單就寫作技法而言，珍珠是印象，穿過珍珠的線是主見，這樣就是一串項鍊，線是看不見的，是不能沒有不能斷的。

（有時你稱自己的小說是「敘事性散文」，可稍作解釋嗎？這是輕鬆題，也不能掉以輕心）長篇小說，我另有定義。我的短篇小說，都是敘事性的。哈代說：「多記印象，少談主見。」我每隔一段時日，還要想起這句話——每記一段印象，都很安逸，而每說一段主見，轉身即悻悻不已。如此折騰既久，決定以印象表呈主見。如果讀者接受我的印象，已接受主見，如果不合讀者的主見，也罷——「主見」，不過是一條條船，「印象」卻是茫茫無際。很多人都在做船大於海的蠢事，昆德拉也免不了。「印象」是珍珠，「主見」是線，那條項鍊，線是看不見的，但是不能斷。

思想與接吻

問：你的散文所涵蓋的思想面積很廣，而在小說中你卻很少顯露稜角鋒芒，細讀時又感應到一種難以指名的哲理氛圍，那麼，你的小說究竟有沒有所謂「思想性」？

答：「思想」為何不端坐在論文的殿堂裡，而要踅到小說的長廊中來呢，「思想性」只能成為小說的很遠很遠的背景，好像有一條低低的地平線的那樣子。小說的中景，尤其是近景，不宜有思想，思想是反對接吻的，而且常會冒出濃煙，那是要使人咳嗽的。

（思想與小說關係）思想只能作為小說很遠很遠的背景，好像一條低低的地平線。小說的中景近景，不宜見思想。思想是拒絕接吻的。思想拉近了，要冒濃煙的。

散步散遠了的意思

問：可以說你是一位流亡作家嗎？如果是，那麼可否將你自己與其他國族的流亡作家做個比較？

答：如果我十四歲時有人稱我為流亡作家，那是會很高興的。流亡，大抵分兩種：名列通緝令者，黑色流亡。漫遊各國住五星級旅館者，玫瑰色流亡。二者我不居其一。喬伊斯認定「流亡就是我的美學」，我只覺得「美學就是我的流亡」，觀念世界的無盡飄泊，各安各的宿命，要說外在世界呢，本世紀的流亡作家分兩代，舊俄羅斯蒲寧他們一代是倉皇脫根而去，後來在外國都枯萎了。東歐、蘇聯、南美的新一代可就身手矯健，「我在巴黎便更其布拉格」云云，我稱之為「帶根的流浪人」，枝葉茂盛碩果纍纍。鄉愁呢，總是有的，要看你如何對待鄉愁，例如哲學的鄉愁是神學，文學的鄉愁是人學，看著看著，我是難免有所貶褒的，鄉愁太重是鄉愿，我們還有別的事要愁哩。若問我為何離開中國，那是散步散遠了的意思，在紐約一住十年，說是流浪者也不像。

（流亡）如果在十四歲時，我被稱為一個流亡作家，開心死了！流亡作家有兩種，被通緝、迫害的，是黑色流亡，住五星賓館的，是玫瑰色流亡。我不居其一。喬伊斯的意思是說，流亡是我的美學，闊氣得過了頭。我說，美學是我的流亡——哲學的鄉愁是神學，文學的鄉愁是人學，看著看著，難免有貶褒，鄉愁太重，即鄉愿，我的來到美國，是散步散遠了的意思。在紐約一住十年，足不出戶，栽花莳草，哪裡是什麼流亡（孔子說，鄉愿，德之賊也。那些民運人士說：哭著出來，笑著回去。我說：真叫哭笑不得）。

動物性・植物性

問：當今的世界文學範疇內，許多作家——更多評論家——都強調作品的民族性、區域性，你是中國人，寫中國題材也寫西方題材，你是否更關心「人」的普遍性，你認為「人」、「人性」，這類問題應該如何對待？

答：你的提問中也許含有要廓清「東——西」、「南——北」的文學批評界的紛爭的意向，那是政治偏見折射在文學上的刀光劍影，難說哪一刀是對的哪一劍是錯的。如果認為普遍的人性即歐洲文化規定的人性，那又捲入「歐洲中心論」了，我已說過：凡倡言「中心」者，都有種族主義色彩，企圖形成旋風，就有害無益——政治偏見，種族主義，不是我們要談的事吧。

問：那麼就談「民族主義」和「人的普遍性」？

答：這是在大地缺乏鹽分的危機時期，才會擾攘起來的問題，經上說：如果鹽失去了鹹味，再有什麼能補償呢，我掛念的是鹽的鹹味，哪裡出產的鹽，概不在懷。以民族性區域性來規範藝術作品，開始時還像是擴大了民俗學的研究陣地，到後來卻在辨別誰家的鹽是甜的，誰家的鹽是酸的了，其實梅里美他們嘲笑「地方色彩」，愛因斯坦也說「民族主義是小兒天花症」，都早已看透這種既囂張又自閉的不良心態，民族主義者很像布萊希特的《高加索灰闌記》裡的那個總督夫人，為了爭孩子，拉痛拉斷孩子的手臂是在所不惜的，因為她是母親呀，民族呀……我們還是回過來談「大地的鹽分」吧，紀德在晚年收到一封非洲青年的信，信中就是一番世紀性困惑的反思與前瞻，紀德說：「這是大地的鹽分，使老得行將就木的我不致絕望而死去。」事隔半世紀，「人」要絕滅「人性」的攻勢越演越烈，而我所知道的是，有著與自然界的生態現象相似的人文歷史的景觀在，那就是：看起來動物性作踐著植物性，到頭來植物性籠罩著動物性，政治商業是動物性的戰術性的，文化藝術是植物性的戰略性的，今後的勝負成敗我不欲斷言——我有的不是信心，而是耐心，中國人的耐心好得出奇，這算是我個人的「民族性」和「區域性」吧。

問：福克納一九六二年在西點軍校答士官生的一段話中有說：「如果民族主義進入文學，便不再有文學。我再講得詳細些，我的意思是，值得詩人去寫，值得人們去創造音樂、繪畫的那些問題，是人的心裡的問題，與你屬於哪個種族，膚色是什麼，沒有一點關係……」

答：是嗎，福克納說得直白。

問：文化藝術的植物性，植物性的戰略性，這個論點大可發揮，請你繼續演繹下去。

答：已在別的文章中有過初步的申述，以後還可能尋機會作些論證，這次就點到為止吧。

（民族性問題）這是大地上鹽分沒有了，人們才嚷嚷起來的問題。我不在乎鹽產在哪裡，但是有人就在爭論哪裡的鹽鹹，哪裡的鹽酸，就像《高加索灰闌記》內的那個識時務的總督夫人，拚命拉那個兒子，拉痛，拉斷，在所不惜，因為是母親呀，民族呀！再說鹽分吧。我所知道的是自然界……動物性是戰術，植物性是戰略。我不來說誰勝誰負，我有的是耐心。中國人的耐心好得出奇，這一點，大概就是我的民族性、地域性吧。

生—死．死—生

問：尼采說上帝死了，尼采之後如是說的人更多了，上帝之死現在被一些理論家引申為人文主義之死，尼采確曾認為與那個主宰道德世界的上帝相輔相成的人文主義隨上帝俱亡，然而尼采呼嘯的「悲劇精神」是什麼呢，可不是更高深更遠的人文主義嗎？

這似乎又是二律背反？尼采還說：上帝之死，只是被人們模糊地理解著。你是怎樣看待這些生生死死的？

答：問題越談越大，也越黑，我向來只是劇場中的後排觀眾，你要我突然坐到前排靠近舞臺，又何苦呢。

問：這是你的「東方態度」，西方作家不諱言「大問題」。

答：你用的策略是中國的所謂「激將法」，我非「將」，激了起來也枉然，還是聊聊文學的家常吧，剛才還在說什麼「遠遠的地平線」，怎麼讓「地平線」跑到客廳裡來了。

（這個問題更大。談這個問題時，中夜，一點半鐘，有紅胸鳥在我門口不停地叫，叫徹夜。異象。我不敢看，也不說，睡下後，鳥叫才停下）問題是人類文學向何處去。我是反對真理的人。講出一個道理。

問：打發掉這條「地平線」，我們就結束這次夜談，明天我可以回校銷差了。

答：「問題」不傻，回答這種問題是很傻的。

中國的成語「哀莫大於心死」，就是指這種地步和狀態，還有兩個成語，叫做「絕處逢生」，叫做「置之死地而後生」，又是很可愛的逆論。眼前的時局和世道是：多數人忙著將傳統的「人文」推向絕處死地，他們不知道他們做的究竟是什麼事，因而更加飛揚跋扈。少數人想挽留「人文」，他們知道要做什麼事而做不了，越發顯得優柔寡斷。於是大家一起到了絕處死地——「絕處逢生」是僥倖的，機遇的，至多是一項軟規律，那「置之死地而後生」呢，是強梁自為，兵法家的極限決策，我之所以引用這兩個成語，並非有待機遇僥倖來紓解目前的絕處困境，也不以為有偉大的兵法家來驅使眾生至死地去，只是感覺絕處死地有可能出現「再生」（Renaissance），感覺，毋需理由，如果定要說個理由，也是簡明的：人文主義人文精神既然會遭厭惡，那麼拋棄「人文」的那種「主義」和「精神」也將被厭惡而拋棄。你說「上帝之死」與「悲劇精神」似乎成了二律背反，我以為不是二律背反，而是揚棄和昇華，與上帝偕亡的「人文」是基督教的苦澀的信仰和未來的期許，而上帝死後的「人文」是狄奧尼索斯的快樂的智慧和現世的歆享，所以顛之倒之，骨子裡仍然是希伯來思潮與希臘思潮的消長起伏。尼采的原話「Death of God a Phrase Dimly Perceived」，「Dimly」你譯為「模糊」，如作「晦冥」解，或許更近乎尼采的本意，因為人們乍聽到「上帝死了」，便覺得眼前一片晦暗，自己也就更加冥頑不靈了——其實這件大事，倒可用這麼小比喻來和解詮釋。經上說：如果麥子不死，何來金色的麥田，上帝和麥子一樣，是自願死去的，可是金色的麥田沒有出現，希伯來的和希臘的這樣兩大思潮不再互為消長，都快消失殆盡了。至於文學家個人的幸與不幸，則在乎一己所遇的是什麼樣的朝代，我以前總認為自己坐的是夜行車，駛過風景極美的地帶，窗外大片黑暗，玻璃映見的是自己的臉……而今漸漸看到一層薄明投上車窗來。為柏林牆的推倒，我寫了一首詩（〈從薄伽丘的後園望去〉），目睹蘇聯的崩潰解體，我又寫了一首更長的詩（〈彼得堡複名〉），艾略特所見的是沉寂的「荒原」，我們面臨是喧囂憤怒的「絕處」、「死地」，但仍能聽到陣陣鐘聲，聞者知是報喪，不知是新的福音，我們還參加過敲鐘人的生日派對哩。

「上帝死了。人死了。難免人文主義人道主義就此終結？」我答：是的。完了。中國人說：「哀大莫過於心死。」另一句，「置之死地而後生」、「絕處逢生」，真是兩句可愛的逆論。「絕處逢生」是個軟規律，「置之死地」是兵法家的策略——你要拋棄人文主義，你本身會被拋棄的——人類是頑童，歷史從來沒有安寧過。雞叫之前而三次不認，現在才不過雞叫二遍呢——你之遇到一個時代，幸與不幸，則在乎一己所遇的是什麼樣的朝代。為柏林牆推倒，我做了一首詩，蘇聯解體，我又做了一首詩。鐘聲還是時時聽到，聽者以為喪鐘，但我們不是還常常舉行敲鐘人的生日派對嗎？（我跟劉軍說，一個人一生中最重要的好像是嫉惡如仇，藝術家應該是嫉俗如仇。中國那些半老的女人，仔仔細細打扮好了，做出難看的表情，走在街上。）

問：木心先生，請允許我在訪問終了時，祝福你新的開始。

答：謝謝。

熟能生巧。你不要以為你不能巧，你還沒有熟啊。高上去，高上去，說起來是個本質的問題，其實也是個方法論。

第八講

再談新小說，兼自己的作品

〈遺狂篇〉

一九九三年六月二十日

寫前面的序言（詩），要有極大的概括力，又不執著於一點，又驕傲，又謙遜，最後同歸大荒，也不下結論。

理，容易講清楚，真理、道，講不清。

你們看，魏晉人講話都是又傲慢，又謙遜。

魏晉人善長嘯。這是一種很個人主義的音樂，是人的高尚的獸性。

「文學演奏會」第八講筆錄原件

＊〈遣狂篇〉，收錄於「木心作品集」《哥倫比亞的倒影》p.65-85。

再談新小說（略）。休息。

今天講解〈遺狂篇〉。當時是拚命寫出來的。丹青知道。很慘。他買了菜送來給我，有蘆筍。我從來沒吃過蘆筍，丹青也沒吃過，給我買來。

台灣《中國時報》排版時，這篇錯字最多。

〈遺狂篇〉

采采景雲　照我明堂
樽中醽醁　堪息彷徨
理易昭灼　道且惚恍
惚兮恍兮　與子頡頏
有風東來　翼彼高岡
巧智交作　勞憂若狂

并介已矣　漆園茫茫
呼鳳喚麟　同歸大荒

一開頭用四言古體詩作序幕。當時覺得：要給他們一點顏色看看。寫古體詩，要有現代感，又要把古典融進去。要給出這種印象：何等氣魄，何等來歷！

用韻，都用最強烈的最陽剛的韻：堂、徨、恍、傾、岡、狂、茫、荒。

「采采景雲」。「采采」，豐富，「景雲」，祥雲。「明堂」，周朝時王子住處。後來的大人家也用「明堂」——兩層意思，可高可低。「樽中䨴䨺」，杯中雲影雲氣，「堪息彷徨」，酒喝下去，就不再彷徨——以上寫情，以下說理。

理，容易講清楚，真理、道，講不清。「與子頡頏」，我來和你辯辯，挑戰的意思，和你比高低——整篇文章就是這意思。「子」，泛指「你」，什麼都可以稱「子」。

「有風東來，翼彼高岡」，即紫氣東來。下句，古人云「巧者累，智者憂」，我是既巧亦智，故勞憂若狂。自比，口氣很大。不是巧者，不是智者，是巧智者。

「并介已矣」，并，集體主義，介，個人主義。古人說「并不能介，介不能并」，這裡，我以為并介之說都已經過去了。

「漆園茫茫」。莊子曾在漆園，莊子這個并介之說，過去了。最後兩句，走吧，走吧，喚的都是高朋。

寫前面的序言（詩），要有極大的概括力，又不執著於一點，又驕傲，又謙遜，最後同歸大荒，也不下結論。

接下去……

那時，我在波斯。後宮日暮。

波斯王得意非凡地在我面前賣弄才情：

「朕之波斯，豈僅以華奢的錦毯馳名於世，更且以高貴的思想，華麗的語言，令天下談及波斯無不歸心低首，哦……思想是捲著的錦毯，語言是鋪開的錦毯，先生以為然否？」

「那時，我在波斯，後宮日暮」，口氣要接得牢，不能脫手，接好了，可以鬆口氣了。

再以下，又要有波斯味道，又要仍有古意，可以和前面四言接上。

余曰：

「美哉斯言，陛下的話我在別處聽到時下面還有兩句：思想愈捲愈緊，語言愈鋪愈大。」

「我在別處聽到」，其實是那個「我」自己想的，推給別處——這幾句，我在諷刺翻譯家和學者。

靜了一會。

「請先生猜猜我在想什麼？」波斯王面呈悅色。

「陛下所思如此：那傢伙還說是想出了這個警句馬上奔來貢獻的。」（那傢伙是指日夜纏繞著我的某博士。）

王掀髯揚眉：

「先生言中，此人休矣。」

我覺得要拯救那專事貢獻警句的奴才也不難，乃曰：

「貴國的思想語言的錦毯，也應像羊毛絲麻的錦毯那樣傾銷到各國去；彼欺君者，可免一死，遣去作思想語言的錦毯商，以富溢榮耀波斯帝國。」

王曰：

「善！」

這件事算是過去了。然而接下來波斯王詭譎謙卑地一笑，我當然知道他的心意是什麼。

於是，我離開了波斯。原來只是為了找峨默．伽亞謨談談，才興此無妄之行。談過了，各種酒也喝得差不多了——在我與伽亞謨的對飲中，壓根兒沒有波斯王的份，好像只涉及過所羅門和大衛的悲觀主義。

「於是，我離開了波斯。」是指再說下去，那奴才要害死我的。

所羅門，大衛，當時不叫悲觀主義，叫上去，蠻好的。

後來，那博士即奴才者，果然成為國際著名大學者。後來，許多後來，那是現代了，現代的思想和語言，捲也捲不攏，鋪又鋪不開，不再是錦毯，倒是襤褸不堪的破毯，據說是非常時髦的，披在身上，招搖過市，不都是頂兒尖兒的天之驕子驕女麼。

幾個轉折，一個一個轉過來：「後來，許多後來，那是現代了。」

那時，我在希臘，伯律柯斯執政。

雅典最好的神廟、雕像，幾乎全是這陣子造作起來的，說多也不算多，可是市民嘖有煩言，終於認為國庫大虛了——伯律柯斯不免鬱悶。

我問道：

「你私人的錢財，夠不夠相抵這筆造價？」

他想了想，清楚回答：

「夠，有餘，至少相抵之後還可以暢意款待你。」

「那麼，你就向民眾宣布，雅典新有的建築雕像，所費項目，概由伯律柯斯償付，不過都要鐫一行字：『此神廟（或雕像）為伯律柯斯斥資建造（或製作）。』」

他真的立即在大庭廣眾這樣說開了——群情沸騰，其實是異口同聲，意思是：不行！不必了！雅典的光榮是全體雅典人的，國庫為此而耗損，我們大家來補充，謝謝伯律柯斯的慷慨，我們雅典市民可也不是小氣吝嗇的哪！

這便是古希臘的雅典佬的脾氣。

所以伯律柯斯後來激勵士兵的演說，確是句句中肯，雅典人平時溫文逸樂，一旦上戰場，英銳不可抵擋，深厚的教養所集成的勇猛，遠遠勝過無知無情者的魯莽。

花開花落，希臘完了，希臘的光榮被瓜分在各國的博物館中，活生生地發呆——希臘從此是路人！

「花開花落，希臘完了……」要快。

猶記那夜與伯律柯斯徒步而歸，身後跟隨著不少酒鬼，一個勁兒大著舌頭嘮叨，竟是辱罵詛咒了，我們不聲不響不徐不疾地走到邸府，伯律柯斯吩咐侍從道：

「打起燈籠，好生照他們回家，別讓摔壞啊。」

據侍從回來告訴我說：「酒鬼們似乎忽然醒了，哭了，發誓以後不再罵人，不再酗酒了。」

當然，酒還是要酗的，人還是要罵的，現代的希臘人便是這些祖宗的後代——伯律柯斯沒有後代。

希臘的沒落，其他古國的沒落，奇怪在於都就是不見振復了，但願有哪個古國，創一例外，藉以駁倒斯賓格勒的「文化形態學」論點。

說得正高興，斯賓格勒挽著弟子福里德爾緩緩行來：

「好啊，今天天氣好啊！」

霪雨霏霏，連月不開，我們的脾氣暴躁極了，走吧，否則要打架了。

和伯律柯斯散步，要敢這麼寫。最後寫到斯賓格勒，意思是我又同意西方沒落，又不同意。

那時我在羅馬，培德路尼阿斯府第。

唉，尼祿真不是東西！

我同意培德路尼阿斯的外甥的苦勸，及早逃亡吧，已經遲了，非走不可了。

「到哪裡去呢？」他的俊目一貫含有清瑩的倦意。

離開羅馬，是沒有地方足以安頓這位唯美唯到了頂巔的大師。

「與那些轎夫馬弁為伍，不如死。」培德路尼阿斯的出世之心早已圓熟。

翌日大擺筵席，管弦悠揚，鮮卉如陣，美姬似織，以優雅豐盛而論，這番飲宴在羅馬史上是空前的，皇家的豪舉不過是暴殄天物濫事誇飾而已。

眾賓客面前，各陳一套精美絕倫的餐具，人人目眩，心顫，唯恐失措。

培德路尼阿斯，唯美主義老祖宗。這段資料，我是從顯克維奇《你往何處去》那裡來的。他要出巡，洗熱澡，泡牛奶，身體各部，用各種香水，抬過街，裝出很憂鬱的樣子。

酒過三巡，菜更十四，一道菜便是一行詩。

主人舉杯：

「幸蒙光臨，不勝感德，散席後，區區杯盞，請攜回作個紀念——今天是我的亡期。」

誰都驚絕了，然而誰也不露驚絕之色。

培德路尼阿斯示意醫士近來，切斷腕上的脈管，浸在雕琢玲瓏的水盆裡。

羅馬宰相談笑自若，嘉賓應對如流，侍官穿梭斟酒，樂師俯仰競奏。

精煉於「生」者必精煉於「死」。

誰都悲慟摧割，然而誰也沒有洩漏摧割的悲慟。

「摧割」，是魏晉人常用的。王羲之書信也常用。

又示意醫士近去：

「我有點倦，想睡一忽兒，請將脈管紮住。」

音樂輕又輕，庭中噴泉，清晰可聞，大師成寐如儀，眾賓客端坐無聲息。

他醒來了，神氣清爽，莞然一瞥。

隨著倉皇的馬蹄聲而猝至的是暴君尼祿賜死宰相的密旨。

培德路尼阿斯閑閑笑道：

「他遲了一步——快去回覆皇上，說，培德路尼阿斯最後的一句話：尼祿是世界上最蹩腳的詩人！」

尼祿中此一箭，活著也等於死了——因為他從來自信是世界上最偉大的詩人。

脈管又放開，盆中淡絳的液體徐徐轉為深紅。

靈魂遠去，剩下白如雲石的絕代韶美的胴體。

他的著作亦零落散佚。

他所遺贈的餐具在我手邊。

有人嗤笑了：

「你竟像古羅馬人那樣一飲一啄？」

我說：「都要像你那樣生吞活剝才算現代派麼。」

瞧這些現代的小尼祿。

以上三個片段，是打埋伏。

那時我在華夏，魏晉遞嬗，旅程汗漫。

古代人，就是像人。「那時我在華夏」。可用「中國」、「支那」，我選了「華夏」（支那，並不是貶稱）。「我在華夏」一段，平寫。

所遇皆故人，風氣是大家好「比」，一比，再比，比出了懍懍千古的自知之明與知人之明。

「所遇皆故人」，是奇。風氣好「比」。這一點，以前沒有人講過。比什麼呢？下面把實質性的意思講出來。

話說人際關係，唯一可愛的是「映照」，映照印證，以致日月光華，旦復旦兮，彪炳了一部華夏文化史。滔滔泛泛間，「魏晉風度」寧是最令人三唱九歎的了；所謂雄漢盛唐，不免臭髒之譏；六朝舊事，但寒煙衰草凝綠而已；韓愈李白，何足與竹林中人論氣節。宋元以還，藝文人士大抵骨頭都軟了，軟之又軟，雖具鬚眉，個個柔若無骨，是故一部華夏文化史，唯魏晉高士列傳至今擲地猶作金石聲，投江不與水東流，固然多的是巧累於智俊傷其道的千古憾事，而世上每件值得頻頻回首的壯舉，又有哪一件不是憾事。

再下段，「臭漢髒唐」，是成語拆開了用。六朝舊事，用了王安石的句子。這時故意用別人的句子，不必自己寫。

比氣節，韓愈、李白確實不能同魏晉人比，都曾拚命想做官。「巧累於智俊傷其道」，是人家評論嵇康的話。此段末一句，要講回來。講歷史，要這樣講，又那樣講，yes，no，都要去掉。

初夏的大柳樹下一片清陰，蟬鳴不輟，鍛鐵丁丁。

「鍛鐵丁丁」，不讀「丁」，讀音是「錚」。

中散大夫是窮的貴族，世襲了幾棵大柳樹，激水以圜之，居然消暑佳處，向秀為佐鼓排，叔夜箕踞而鍛，揚鎚連連，我雖對鎚如禮，此心怔忡，以為這枝龍頭杖是為死神引路的——清早策騎赴此，相見便道：「鍾會真的要來了！」二十年來未嘗見喜慍之色的嵇康竟皺起了眉頭……子期亦來報此消息，斟酌大半天，還是順從了嵇公的決策，演這場戲。心裡都希望鍾會不來——不來就好了。

叔夜，嵇康的字，嵇叔夜。「箕踞」，撐開腿坐著。向秀，字子期，七賢之一，嵇叔夜的好友。嵇康死後，向秀作賦，好得不得了。鍾會是司馬的宰相，司馬朝篡了魏，嵇康是魏的駙馬，是政治上的敵人，鍾會要來收買嵇康。

然而來了，長長一隊，馬驕游龍，衣媲輕雲，諸俊彥扈擁著正被大將軍兄弟幸昵的鍾會，果然尊榮倜儻，而神色又是那樣安詳恭謹。

鎚聲、蟬鳴、犬吠、風吹柳葉……不知過了什麼時辰……

鍾會及其賓從終於登鞍攬轡了，我沒料到嵇康忽然止鎚昂首，問道：

「何所聞而來？何所見而去？」

「聞所聞而來。見所見而去。」鐘士季哪裡就示弱了。

霎時寂然，蟬也噤了似的。

馬頭帶轉，蹄聲嗒嗒，漸行漸遠，他們故意走得那樣的慢。

夕陽西下，柳蔭東移，一種出奇的慵懶使我們兀坐在樹根上真想躺倒，沉睡。

我不免咨嗟：

「鐘士季如此遭遇，其何以堪！」

「不若是，我何以堪？」叔夜進而問道。

「子易我境，更有脫略乎？」

對曰：

「與公一轍耳！」

子期亦軒然而苦笑。

「我不免咨嗟」一段對話，全是我寫的，看起來好像魏晉真有這回事似的。

殺機便是這樣步步逼上來。嵇康自導自演了這場戲，以前的伏筆已非一二，再加上那封與山巨源絕交書，接著又是呂安罹事，嵇康詣獄明之。鍾會比嵇康更清楚地看到「殺機」成熟了，便在那個路人皆知其心的晉文王前，一番庭論，讒倒了「目送歸鴻，手揮五弦」的大詩人，嵇康下獄，與華士、少正卯同罪。歷史真的不過是一再重複，惡的重複。

當三千太學生奮起聯名，請以為師，時論皆謂中散大夫容或得免於誅，我想，糟了，「波蕩眾生」，這就更堅了大將軍必戮嵇康之心。

叔夜的自知之明和知人之明其實是足夠的，是他的風骨，他的「最高原則」，使他不能不走這條窄路，進這個窄門。與山濤的絕交書之所以寫得如此辛辣汪洋，潛臺詞是：我終不免一死，說個痛快吧，也正是因此可以保全你。

山公本以度量勝，疇昔一面，契若金蘭，嵇與山，何嫌何隙，不過是，明裡設一迷障，騙過司馬昭，暗裡托一心事：小兒嵇紹，全仗山公了——這一著棋，唯巨源領會無誤，大將軍且不談，就是嵇紹本人也是被乃父瞞住了的。

二十年後，果然，山公舉康子紹為祕書丞，嵇紹似乎覺悟了，然而還不知究竟，臨到要去謁謝山公時，他有點踟躕，我口中鼓舞他，心裡想的是：嵇康有子，清遠雅正，而神明不如乃父，畢竟差得多了。

叔夜既歿，余心無所托，寥落晨昏，唯有期待於山濤了，癡癡二十歲，終於聆到了他對嵇紹說的一番話，其實是在對亡友表衷情：

「為君思之久矣，天地四時，猶有消息，而況人乎！」——說得太好了，一往深情……每憶此言，輒喚奈何。

山巨源老婆很高超。請丈夫的朋友來，躲在後面看。看下來說，你啊，都比不上他們，但你的度量比他們大。

「踟躇」，左右為難，徘徊不前。「清遠雅正，而神明不如乃父」一段，是為了寫這一段，我才寫前面這些。「天地四時，猶有消息，而況人乎！」來歷是老子《道德經》。

以下又拉回來，說「比」。

至此，我也覺得可以回過頭來，再表彰魏晉人士的好「比」。

我問龐士元：「顧劭與足下孰愈？」

答曰：「陶冶世俗，與時沉浮，吾不如顧；論王霸之餘策，覽倚仗之要害，吾似有一日之長。」

我問謝鯤：「君自謂何如庾亮？」

答曰：「宗廟之美，吾不如亮；一丘一壑，自謂過之。」

你們看，魏晉人講話都是又傲慢，又謙遜。

「一丘一壑」，指心中辦事，一進一退的能力。

既知桓公與殷侯常有競心，我問殷：「卿何如桓？」

殷曰：「我與我周旋久，寧作我。」
我又問劉真長：「聞會稽王語奇進爾邪？」
劉曰：「極進，然故是第二流中人。」
我再問：「第一流復是誰？」
劉答：「正在我輩耳。」
殷侯既廢，桓公語我曰：「少時與淵源共騎竹馬，我棄去已輒取之，故當出我下。」
某日酒酣，王中郎忽問劉長沙：「我何如荀子？」
劉答曰：「卿才乃當不勝荀子，然會名處多。」
中郎顧我而指劉曰：「癡！」
某夕在瓦官寺，商略西朝及江左人物，劉丹陽、王長史並在座，我問桓護軍：「杜弘治何如衛虎？」
桓答曰：「弘治膚清，衛虎奕奕神令。」
王劉亦善其言。
只有一次，我落了空，那天在桓公座，問謝安石與王坦之優劣，桓公初言又止，笑曰：

「卿喜傳人語，不能復語卿。」

「喜傳人語」句，是講別人，我拉到自己頭上。

而最暢快的一次是問孫興公：「君何如許掾？」

孫曰：「高情遠致，弟子服膺；一吟一詠，許將面北。」

大概是彼此多飲了幾杯，我乘著酒興，不停地問：

「劉真長何如？」

曰：「清蔚簡令。」

「清蔚簡令」，純潔，「蔚」，茂盛，卻又簡便，很難得。

「王仲祖何如？」

曰：「溫潤恬和。」

「桓溫何如？」

曰：「高爽邁出。」

「謝仁祖何如？」

曰：「清易令達。」

「清易令達」，非常理性，「易」，方便，靈巧，「令」，好名聲。

「阮思曠何如？」

曰：「弘潤通長。」

「弘潤通長」，廣泛，清澈。學阮籍，自保。阮籍從不講人好壞（我與劉軍問答，又來「俊傷」）。

「袁羊何如？」

曰：「洮洮清便。」

「殷洪遠何如？」

曰：「遠有致思。」

回答得真是精彩繽紛，雖已說了自己與許掾的較量，我還問：

「卿與諸賢掩映，自謂何如？」

答曰：「才能所經，悉不如諸賢；至於斟酌時宜，籠罩當世，亦多所不及；然以不才，時復托懷玄勝，遠詠老莊，蕭條高寄，不與時務縈懷，自謂此心無所與讓也。」

我忍不住，繼續問：「卿謂我何如？乞道其詳。」

孫曰：「軒渠磐礴，憨變無度，幸毋巧累，切忌俊傷，足下珍重，我醉，且去。」

於是撫掌相視大笑，梁塵搖落，空甕應響，盡今夕之歡了。

如此一路雲遊訪賢，時見荊門晝掩閒庭晏然，或逢高朋滿座詠觴風流，每聞空谷長嘯聲振林木——真是個干戈四起群星燦爛不勝玄妙之至的時代。

魏晉人善長嘯。這是一種很個人主義的音樂，是人的高尚的獸性。「興味高超，文采強烈」，這是古人形容嵇康「興高采烈」的原意。

溫太真者，自亦不凡，世論列於第二流之首，當名輩共說人物第一將盡之間，我見溫屏息定眸，慘然變色——足知這種競「比」的風氣之莊嚴淋漓，正是由於稍不相讓，才愈激愈高，愈澄愈清。神智器識，蔚為奇觀，後人籠統稱之為「魏晉風度」，而「酒」和「藥」，是否能怡情養性益智輕身，恐怕是次要的引證，或者是反面的解釋了。

旅行結束，重回二十世紀末的美利堅合眾國。

紐約曼哈頓五十七街與麥德遜大道的交界口，一幢黑石表面的摩天樓的低層，巨型的玻璃牆中，居然翠竹成林，紳士淑女，散憩其間。我燃起一根紙菸，凝視青篆裊裊上升，心中祭奠著嵇康，「興高采烈」，本是評贊嵇康的獨家形容詞，他的「聲無哀樂論」，他的「鍛工雕塑」，是非常之現代性的，而我，不過是一介忘了五石散而但飲咖啡的古之遺狂而已，就算是也能裝作旁若無人，獨坐幽篁裡，明月不來相照了。

若論參宰羅馬，弼政希臘，訓王波斯，則遙遠而富且貴，於我更似浮雲。

這是一篇遊戲之作。

最近寫寫黃昏景色，然後寫：

「不知道要原諒什麼，都原諒了。」

第九講　談《素履之往》

自序
〈庖魚及賓〉
〈朱紱方來〉

一九九三年九月十一日

我講自己的書，不是驕傲，不是謙虛。畢竟文學和音樂不一樣。我們兩三知己，可以這樣講講。在學堂、學府，能不能這樣做？
要看怎麼做。

傳出去，木心講自己的書，老王賣瓜，自賞自誇。所以要講清楚——傳出去，也要傳清楚。

你說這樣子讀者能不能懂？他懂不懂，與我無關。總會有人懂的。

老少兩代鬧不好關係，不是年齡的問題，是智慧的問題。我覺得和青年人很好相處。我懂得他們。青年人，從十四歲到二十四歲，是藝術家的年齡。熱情，愛美，求知，享樂。

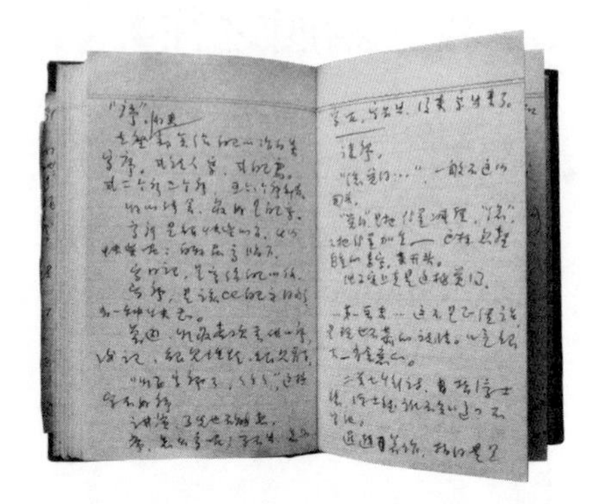

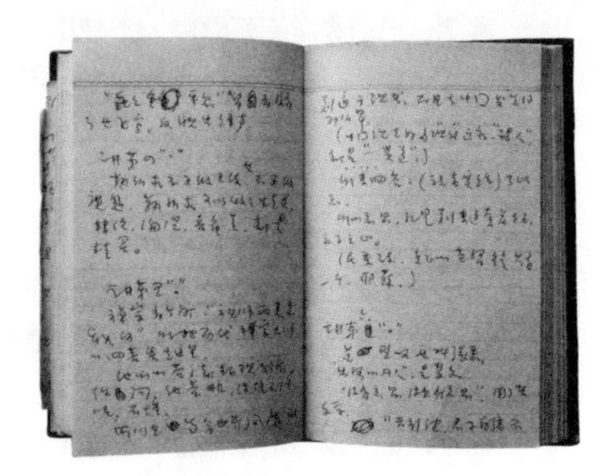

「文學演奏會」第九講筆錄原件

*自序、〈庖魚及賓〉、〈朱紱方來〉三篇，收錄於「木心作品集」《素履之往》p.15-47。

今天是今年秋天第一堂課。

因為新出一本書，《素履之往》，就講這本書。講到哪裡是哪裡。

為什麼要講自己的書？劉丹今天來聽課，重申一下：音樂家，自己作曲，自己彈。其他藝術家，沒有這個前例。你寫出一點東西，許多東西留在心裡，人死了，就沒有了。《紅樓夢》，沒有寫出來的東西，多得多了。

曹雪芹的才能，只在《紅樓夢》裡露了一露。脂硯齋，不具名的，可能是曹雪芹的親戚、朋友，是曹雪芹的作品的見證人。他不把藝術當假，他當它是真的。那天問阿城，如果脂硯齋把曹雪芹的人給寫出來如何？阿城驚喜。

我講自己的書，不是驕傲，不是謙虛。畢竟文學和音樂不一樣。我們兩三知己，可以這樣講講。在學堂、學府，能不能這樣做？

要看怎麼做。

傳出去，木心講自己的書，老王賣瓜，自賞自誇。所以要講清楚——傳出去，也要傳清楚。

書名。為什麼要用《易經》作書名？不是復古，也不是取巧。

要把文學回到過去，延伸到未來，你哪裡來力量？我用古典，是用古典的彈力，彈到將來去。你說，你也會彈，我說，你彈彈看。

彈還是看你彈。彈不好，牆壁不睬你的。

光取「素履之往」，不加注釋，太吝嗇了。你用古典，要幫助它（卡夫卡說，你反對這個世界，你要幫助它）。

注釋，在扉頁上端。仍用古典解釋古典，不用我的文字，全用《易經》。可你到《易經》中去找，全是零零碎碎的，不連貫的。注釋不用標點，太看得起讀者了。我還是用，但是用古法。

「初九」，是編號。履卦。

☰ 乾

☴ 巽

素履，難用現代話說。只能說：「動機純潔的形相」。

象曰，指後人解釋。

純潔的動機，向前走。

九二，編號

幽人貞吉，內心一點不亂。

貞厲，誠懇。

一開始時，就很純潔。人本質是有禮的，就是根據人的本質作裝束的，文之極反而質也。文質彬彬。

（我不在乎這個。文質是在一起的，要文有文，要質有質。文質彬彬，我這樣來解釋。）

你說這樣子讀者能不能懂？他懂不懂，與我無關。

總會有人懂的。

《易經》，多少人研究過。名士，大家，研究過。《易經》是用來算命的，算國家朝代的命。看風水，算命——從來沒有人把《易經》當文學看。

不僅是看它，而且用它。

我看《道德經》、《易經》，都用文學的態度進去，文學的態度出來（我小時候，母親就要我們背誦《易經》的口訣）。

《易經》的句子，很愁苦，是很苦難的經驗——從來沒有被講出來，聽人講，都很不以為然。到前幾個月，讀到宋歐陽修有句：《易經》是憂患之書。遇到這種事情最高興了：有人一樣看法。

究竟《易經》是什麼？

我有個形而上的看法：有種神祕的力量無法同人對話。有了《易經》，有了算命（牌、撲克、麻將，都可以算命的）、玄學，就可以對對話。

「序」。在座將來都會給自己的作品集寫序。或請人寫，或自己寫。或兩個三個序，五六個序都有的。我的體會，最好是自己寫。

寫序是很快樂的事。什麼快樂呢？自我居高臨下。

（寫日記，是寫給自己的信）寫序，是該比自己高得多了，有一種快感。魯迅，我最喜歡看他的序、後記。很見性情，很見骨子。

「我要寫序了，我要寫序了！」這樣寫不好序。

講演，事先也不能想。

序怎麼寫呢？寫不出怎麼辦呢？寫不出——後來就寫出來了。

開始讀《素履之往》的序。

《素履之往》自序

總覺得詩意和哲理之類，是零碎的、斷續的、明滅的。多有兩萬七千行的詩劇，峰巒重疊的邏輯著作，歌德、黑格爾寫完了也不言累，予一念及此已累得茫無頭緒。

「總覺得……」一般不這麼開頭。「覺得」，是把分量減輕，「總」，又把分量加重。這樣忽輕忽重地來寫，來開頭——但事實上真是這樣覺得。

第一段末……這不是正經話，是玩世不恭的說法。口氣很大。有含意的。「兩萬七千行詩」，指歌德的《浮士德》。《浮士德》誰不知道？不寫它。

「邏輯著作」，指的是黑格爾——下句，才寫出歌德、黑格爾的名字（文學上，我用的是蕭邦的「觸鍵」，倪雲林的「皴法」）。

我喜歡模稜兩可。不是多一「可」嗎？

前面一段，全是假象，非常不正經，可是非常嚴重地在說這些東西。但沒有後面一段，前面是白說的。不知在說些什麼。

尼采最好的地方，是有些東西一說出來，就面對面。「架構體系不誠實」，沒有人這樣看，看到了，沒有人這樣說出來。

哲學家都愛架構體系。只有巴斯卡的隨想錄、蒙田的散文、尼采的書，不事體系。我會做種種解釋，但不事體系。講麼一直在講。

> 蒙田勿事體系，尼采戟指架構體系是不誠實——此二說令人莞爾。雖然，誠實亦大難，蓋玩世各有玩法，唯恭，恭甚，庶幾為玩家。吾從恭，澹蕩追琢以至今日，否則又何必要文學。

二段前句，那麼大的事，怎麼托得住？「此二說令人莞爾」。「縱然」，不是通常的意思，是「雖然然」、「雖然如此」的意思。「吾從恭」，典出蘇東坡與米芾對話，蘇有「吾從恭」說。二段中，「勿事體系」，「不誠實」，到「莞爾」，一轉；「誠實亦大難」，一轉；「各有玩法」，「恭甚」，一轉；到「吾從恭」，又一轉；直到「否則又何必要文學」。

尼采也說過：玩世是有功的。

我和他想到一起去了。世界很小，兩人碰來碰去，就碰到了。

目錄，一輯中全部用《易經》。每四字，什麼意思呢？名字歸名字，題歸題，文章歸文章。但文中總歸有一點點和題相干的。你們去找，我懶得去找了。

取那四個字的好看，好聽。只有第一題的「庖魚及賓」，是改過的。原文是庖魚「不及賓」。其他題都是現成的。

講〈庖魚及賓〉。

〈庖魚及賓〉

年月既久，忘了浪漫主義是一場人事，印象中，倒宛如天然自成的精神豔史。當時歐洲的才俊都投身潮流，恐怕只有蕭邦一個，什麼集會也不露面，自管自燃了白燭彈琴製曲。德拉克羅瓦，與蕭邦交誼甚篤，對於他的畫，蕭邦顧左右而言他；對於同代的音樂家……蕭邦只推崇巴哈和莫札特——後來，音樂史上，若將浪漫派喻作一塔，蕭邦位於頂尖。

有人（好事家兼文學評論家），說杜斯妥也夫斯基的小說屬於寫實主義，杜斯妥也夫斯基忿然道：「在最高的意義上，可以……我可以承認是個寫實主義者。」——文學史上，若將寫實主義喻作一塔，這樣，也有了頂尖。

深夜閒談，列夫．托爾斯泰欲止又言：「我們到陌生城市，還不是憑幾個建築物的尖頂來識別的麼，後日離開了，記得起的也就只幾個尖頂。」

地圖是平的，歷史是長的，藝術是尖的。

頭三四句行文，要得力。句子很通俗，但「一場人事」、「精神豔史」，用在這裡正好。「恐怕只有蕭邦一個」，要加「恐怕」。這段，可以寫出來。但不是文學，要寫成文學。杜斯妥也夫斯基的原話，不是這樣的。我寫東西，憑記憶，原來一句話，在我記憶裡可以有三種說法，我取最好的一種。

杜氏原話，講了好多，我就用他這點。

後面三句：「地圖是平的，歷史是長的，藝術是尖的」——如果沒有，前面那些說什麼呀！誰要你說呀！

這三句聲音很輕。你越是有把握，聲音可以越輕。

這三句一說，前面都動了。真正聰明一點的人，讀這段，就知道作者很壞。

講第二（建築）

古典建築，外觀上與天地山水盡可能協調，預計日曬雨淋風蝕塵染，將使表面形成更佳效果，直至變為廢墟，猶有供人憑弔的魅力。

現代建築的外觀，純求新感覺，幾年後，七折八扣，愈舊愈難看。決絕的直，剛愎的橫，與自然景色不和諧，總還得聳立在自然之內。論頑固，是自然最頑固，無視自然，要吃虧的。

現代建築執著模型期的時空概念，似乎世界乃一乾爽明淨的辦公室。「大羅浮」增置了透明金字塔，在視覺上，它宿命地只有第一效果，無第二第三層次的效果可期待。它的理想狀況是天天像揭幕剪綵時那樣光鮮。一舊，有一分舊即起一分負面反應。現代建築要拆除是快速的，建築的基本立意是為了盡早拆除？

現代建築成為廢墟後不會令人徘徊流連。近幾年出來的摩登高樓，更明顯地看到建築家手足無措，靠增加折角、靠層層外凸的陽臺來與自然講和，講歸講，自然不肯和哩。

除了建築，其他方面何嘗不是手舞足蹈地落得個無所措手足的結局，極目油油荒荒，葉慈慣稱「大年」（Great Year）之歲云暮矣，知有除夕不知有吉旦的世紀末，自非區區建築物應任其咎。

「現代」，不會成為「廢墟」——貶褒只此一句。

前兩段完全口語。通篇都隨便地說。最後一句，很用力地寫。就這一句，前面鋪陳那麼多。前面說的有沒有道理呢？有點道理的。

現代建築，整體看看，有一個效果：舊的建築會說話，新的建築不說話。「貶褒只此一句」。這是文學的特點。

講第三

科隆深秋，時近黃昏，雙塔大教堂洪鐘初動，隨著全城的鐘次第應和，澒洞浩瀚，歷時二十分，茫茫平息。

就聽這次為好？每天聽為好？

離科隆已逾三載，雙塔大教堂的鐘聲，恭聞一度是幸，日日敬聆是福。

沒什麼大道理。就看你怎麼把感覺寫出來。「茫茫平息」。聲音沒有了也要寫，反襯出鐘聲。

講第四

鐘聲，不屬音樂範疇。當大教堂的巨鐘響起，任何音樂都顯得煩瑣多餘。音樂是人間的，巴哈、莫札特的曲奏全是人間事。從來聞說天國充滿音樂，充滿人間之聲的會是天國嗎？音樂是路，鐘聲是橋，身為精靈者，時而登橋憑眺，時而嬉戲路畔。精靈一躍成天使，一跌成魔鬼，他們調皮在不躍不跌，偶作躍跌狀，逗天使著急魔鬼發笑。然則天國一定是要在那裡的，才有路有橋可言，天使魔鬼也一定是不可缺少的，才顯得精靈的調皮大有餘地。

藝術家不要做天使，也不要做魔鬼。藝術家可以做做精靈。拜倫、海涅、普希金，都是精靈。

講第五

祖師西來意旨如何

「子解得糯團麼」——岩頭

祖師西來意旨如何

「取皂角作浣衣狀」——玄泉

祖師西來意旨如何

「庭前柏樹子」——趙州

祖師西來意旨如何

「聞得簷雨滴聲嗎」（適雨）——葉縣青

祖師西來意旨如何

「街頭東畔底」——法華

祖師西來意旨如何

「西來無意」——大梅

祖師西來意旨如何

「這麼長的，那麼短的」（指竹）——翠微

……

如何是達摩西來意

「了此意」

（「來」即「意」，「一華五葉」即「此」。

衣缽傳而底事無傳，達摩西來，不了，了之。）

禪宗有個問題：「師祖西來意旨如何？」我把歷代禪宗大師的回答集在這裡。他們的答，都很現代派，你問，他答非，你懂不懂呢？不懂。所以在當今世界風魔，特別適於現代，而且在中國發生得那麼早（中國現在好多「現代」畫家、詩人，都是「一貫道」）。

我來回答：（說老實話）「了此意。」我的意思，就是別來這套花招。赤子之心。（尼采說，真正的基督徒只有一個，耶穌。）

講第六

尼采在最後十年中，亦未有一句粗話髒話——使所有的無神論者同聲感謝上帝。一個人，清純到潛意識內也沒渣滓，耶穌並非獨生子。

高明的父，總是暗暗鍾悅逆子的；高明的兄，總是偏袒桀驁不馴的乃弟。莎士比亞至今沒有妹妹，耶穌已經有過弟弟，最愛耶穌的正是他。

那是一片出不了尼采至多出個張采的老大瘠土。借禪門俗語來說，金聖歎、徐文長，允是出格凡人。李、莊二子，某幾位魏晉高士，堪稱「尼采哲學存在於尼采之前」的東方史證，所以，沒有意思得頗有意思，就中國言，尼采哲學死於尼采誕生之前。

金聖歎也叫張采。「出格凡人」，是梵文。「沒有意思得頗有意思」，用了點文學。「天行健，君子自強不息」，就是尼采精神。

講第七

「書法」，只在古中國自成一大藝術，天才輩出，用功到了不近人情，所以造詣高深得超凡入聖神祕莫測。「書法」的黃金時代過去一個，又過去一個，終於過完。日本的書法，婢作夫人，總不如真。中國當代的書法，婢婢交謷，不知有夫人。

書法。批評了日本人。也得罵罵中國當代的書法。中國古代，書法成就和繪畫並重。中國書法，非常形上、靈智的行為。

講第八

「欲往芳野行腳，希惠借銀五錢，容當奉還，唯老夫之事，亦殊難說耳。」略近晉人雜帖，畢竟不如。日本俳師芭蕉小有可人處。

俄國人中也有寫信的好手：

「艙內流星紛飛，是有光的甲蟲，電氣似的。白晝野羊泅過黑龍江。這裡的蒼蠅很大。我和一個契丹人同艙，叫宋路理，他屢說在契丹為一點小事就要頭落地。昨夜他吸鴉片多了，只是夢囈，我不能入眠。輪船播動，不好寫字。明天將到伯力，現在契丹人在吟他扇上的詩。」

契訶夫寄妹書，不過在迻譯間，篩了篩。俄文似乎天生是累贅的。

芭蕉的書信。

講第九

愚蠢的老者厭惡青年，狡黠的老者妒恨青年，仁智的老者羨慕青年，且想：自己年輕時也曾使老輩們羨慕嗎，為何當初一點沒有感覺到？現在，他與青年們實際周旋時，不能不把羨慕之情悄然掩去，才明白從前的老輩也用了這一手。然而即使老者很透徹地坦呈了對年輕人的羨慕，年輕人也總是毫不在乎，什麼感覺也沒有。

老少兩代鬧不好關係，不是年齡的問題，是智慧的問題。我覺得和青年人很好相處。我懂得他們。青年人，從十四歲到二十四歲，是藝術家的年齡。熱情，愛美，求知，享樂。

講第十、十一

陽臺晚眺，兩個青年遠遠走來，步姿各樣而都顯得非常快樂，波多黎各，好像是，是波多黎各人，那腿那手臂的韻律純粹是快樂，快樂的脖子快樂的腰，走過陽臺底下，仰面呼哨道聲晚安，醜陋嫵媚之極，怎會這樣快樂，怎會這樣快樂的呢？齊克果看了又得舉槍自殺一次。

背德的行為，通常以損害別人的性質來作判斷，而忽視其在損害別人之前先已損害了自己，在損害別人之後又繼續損害著自己。

歷來的「善」、「惡」，弄來弄去弄不清楚。我不去弄。但先把「害人害己」這個問題說透。

講第十二

司馬遷認為每隔「五百歲」必有什麼什麼的，到底不過是浪漫的穿鑿。姬昌與孔丘的精神上的瓜葛，論作孔丘這方面一廂情願也可以。而到得《史記》，事情和問題都雜了大了，司馬遷的一廂情願就更顯得牽強。之後呢，五百歲……五百歲……沒什麼什麼也沒，所以再回過去體味〈太史公自序〉開篇的幾句壯語，覺得等於在絕叫。

理想主義，是表示耐性較好的意思。然而深夜裡，我聽到過的絕叫，都是從理想主義者的床頭傳來的，明月在天，大江東去，一聲聲的絕叫，聽慣了就不太悽慘。

《春秋》、《史記》，並沒曾別嫌疑、明是非、定猶豫——那是由於：禮，不能節人；樂，何嘗發和；書，未足道事；詩，豈在乎達意；易，更難普遍道化。萬象流傳，毫釐是必失的，所以千里必差。

（避開以上云云的故實，自悅於頑皮的想法，以致成為說法，「五百年有一讀者來」，可不是嗎，現在輪到我作讀者。）

司馬遷，尊崇儒家。但他的性格不是儒家，這是他的悲劇。姬昌，即周文王。「明月在天，大江東去。」這是在賣弄。實際上說明作者很悲痛。再偉大的人，在那裡講，最後還是要倒下去的。

史稱《春秋》、《史記》，能夠「別嫌疑」、「明是非」、「定猶豫」。所謂「禮能節人」、「樂能發和」，我全反過來說。說我這樣寫很快感，其實我更痛苦：能不失之毫釐？能不失之千里？世界上種種惡敗，全是當時失之毫釐呀，你扳得過來嗎！

不是貶低孔子和司馬遷，不是要和他們唱對臺戲。不是這個意思。不過寫到這意思，有點像在造紀念碑。所以底下還有，輪到我作讀者，回到人間。

講第十三

古典主義，是後人說的。

浪漫主義，是自己說的。

唯美主義，其實是一種隱私，叫出來就失態，唯美主義傷在不懂得美。

象徵主義，也不必明言，否則成了謎底在前謎面在後。

現實主義、笨嘴說俏皮話，皮而不俏。

意象主義，太太，意象算啥主義，是意象派吧。

超現實主義，這樣地能超，超掉「主義」行不行呢。

主義，主義。跟他們開開玩笑。

講第十四

早年，偶見諾伐利斯的畫像，心中一閃：此卿頗有意趣。之後，我沒有閱讀諾伐利斯的作品的機會。近幾年時常在別人的文章中邂逅諾伐利斯的片言隻語，果然可念可誦——諾伐利斯的臉相，薄命、短壽，也難說是俊秀，不知怎的一見就明白有我說不明白的某種因緣在。

不講明。稍微弄弄。「哲學是一種鄉愁」，就是諾伐利斯說的。

講第十五

畢卡索和布拉克同時製作抽象立體主義——明明塞尚，從塞尚來，點、線、面、體、曲、直、明、暗……塞尚恍然，畢卡索、布拉克大悟。

「明明塞尚」，是口語。整個用口語寫。

講第十六

維拉茲克斯的畫，多數是做事，做了一件，又做一件。少數是藝術，創造了不可更替的偉大藝術。

（有人是純乎創造藝術的，要他做事，他做著做著做成藝術。）

維拉茲克斯做事很能幹，藝術創造得好，而不會把事做成藝術。事又做得太多，累壞了身子，難免也累壞藝術。如果不善保身，還是欠明哲。維拉茲克斯和笛卡兒都把自己看低，以為低於皇室皇族，所以殉的不是道。累倒，折磨盡了，雖不說英年早逝，死的性質應屬夭折。如果真的殉於道而非殉於皇家，他們的天年倒是長著哩。

笛卡兒去給皇家上課。凍死。

講第十七

如果「頓悟」不置於「漸悟」中，頓悟之後恐有頓迷來。

「恐有頓迷來」，「恐有」，不要講死。極簡單的寫法。

講第十八

當愚人來找你商量事體，你別費精神——他早就定了主意的。

稍微帶一下。地上垃圾，隨腳帶一下。

講第十九

人體的特異功能不是智慧。巫術與藝術正相反。怪癖並非天才的表徵。在怪癖巫術特異功能備受矚目的時代，便知那是天才藝術智慧的大荒年。

音樂神童、數學神童……從來沒有哲學神童。

思維是後天的，非遺傳，非本能。思維不具生物基礎，思維是逆自然的，反宇宙的。

正經講一句。

講第二十

杜斯妥也夫斯基嗜賭，其實更嚴重的是嗜人，他的小說中人人人人，從不願費筆墨於自然景象，偶涉街道房屋，也匆匆然趕緊折入人事中去。他在文稿上畫人，人的臉，臉的眼睛。

他在文學上嗜人，實際生活中並不嗜人——所以偉大。

文學上的人真有味，生活中的人極乏之味。這樣不好，不這樣就更不好。

「不這樣就更不好。」

第二十一、二十二、二十三

人家總在乎誰在台上演，演得如何。我卻注意台下是些什麼人，為這些人，值不值得演——因此我始終難成為演員。

無論由誰看，都願上臺演——我不作這樣的演員的看客。

無論由誰演，都願在台下看——我不會對這樣的觀眾演出。

找到了我願意看的演員，而找不到與我同看的人，觀眾席空著，所以那位演員不登臺，所以我又成不了他的看客。

這便是我的有神論及我的無神論兩者之間的酸楚關係。

藝術家在製作藝術品的進程中，清明地昏暈，自主地失控，匀靜地急喘，熟審的陌生境界層層啟展……所以面對藝術家，哲學家只有感慨的份，即使是藝術稟賦極高的尼采，也要為哲學氣質甚重的貝多芬而惆悵太息得似乎不能自持了。然而尼采也並非容易敗落的，唯有他看出貝多芬的人倫觀念還涉嫌道德上的滯礙，使靈智的意緒受到抑窒，這位自稱酒神的音樂家本身沒有大醉狂醉，尚不足為尼采理想中的音樂家——從旁說來，哲學家還是有面子，當然只指尼采，指不到別人。

在愛的歷程上，他每以鋼琴家自許，多次幸遇優質鍵盤，撫弄再三，當他起身離開，它們都從此絕響、塵封。人們是不知彼等的珍貴，即使彼等自己，亦難解那一段時日（噢，四季的夜晚）何以有如許神妙的樂音——愛的演奏家，垂垂老去，回顧前塵，傷懷之餘忽然忍俊不住道：寧願是鋼琴演奏鋼琴家呵。

哲學營構迷宮，到現代後現代，工程的繼續是拆除所有的樓臺館閣，局外人看來覺得一片忙碌場景很壯觀。

哲學的廢墟，夕陽照著也不起景觀。個別的人死了會有「歿後思」，使生者想起死者的某些好處來。哲學作為群體看，無所謂好處，所以不值得憑弔。

哲學生涯原是夢，醒後若有所思者，此身已非哲學家，尚剩一份幽微的體香，如蘭似檀，理念之餘馨，一種良性的活該。

「歿後思」，是想起死者的某些好處。「良性的活該。」

〈朱紱方來〉。

與前篇不同。每篇有標題。沒標題，也罷，用了標題，就要用好。

〈朱紱方來〉

唐代的馬克白夫人

《唐國史補》原名《國史補》，取史氏或闕則補之意，唐李肇為續劉餗的《傳記》而作，共三百零八條，所述皆開元至長慶百餘年間的軼事瑣聞，悠謬之說極少，質錄之筆實多，中有一則〈故囚報李勉〉，略云：

「……李汧公勉為開封尉，鞫獄，獄有意氣者，感勉求生，勉縱而逸之。後數歲，勉罷秩，客遊河北，偶見故囚，故囚喜，迎歸厚待之，告其妻曰：『此活我者，何以報德？』妻曰：『償縑千匹可乎？』曰：『未也。』妻曰：『二千匹可乎？』亦曰：『未也。』妻曰：『若此，不如殺之。』……」

故事的後半姑置不論，但看：

「此活我者，何以報德？」

「償縑千匹可乎？」

「未也。」

「二千匹可乎？」

「未也。」

「若此，不如殺之。」

這幾句對白，實在是夠莎士比亞水準，按表現婦人心理的深度而言，質之司湯達、杜斯妥也夫斯基亦必驚歎不已。

「唐代的馬克白夫人」（笑），是活潑的說法，開頭要假裝像個學者。

我在餐廳中開了一槍

時間：一九七九年

地點：上海

人物：甲（中年）、乙（青年）、我（不詳）

場景：小型餐廳

（當我行將吃完時，甲乙進來，坐於旁邊的桌位。）

甲：「……你年紀輕，講究衣著，我是隨隨便便，不在乎了，唉，衣著講究，總歸是兩個意思，一個，要漂亮，一個，表示自己有錢。」

乙：「我又不好算講究。」

甲：「還不講究？要人家說你漂亮、有錢，世界上但凡講究穿著的，只不過是這兩個目的。」

我已食畢，取出紙巾抹了抹嘴：

「再有第三個——自尊。」

（至今猶記得此二人聞聲轉首注視的眼神，中年者發愣，落了下風，無法接口。青年者驚喜，得救了似的期待我再說下去——我起身慢慢走出餐廳。）

不以詩名而善詩者

湯國梨女史，浙江桐鄉烏鎮人，家世清華，風儀端凝。予幼時忝為鄰里，每聞母姑輩頌譽湯夫人懿範淑德，而傳詠其閨閣詞章，以為覃思雋語，一時無雙，予雖冥頑，耳熟心篆，於今憶誦猶歷歷如昨，試錄二律如後：

「湯國梨女史」，章太炎妻。但我不寫她是章太炎妻。我是女湯國梨。不管丈夫事。

〈與皇甫仲生談輪迴有感〉

為人已多事，有鬼更難休。
縱免沙蟲劫，能無猿鶴愁。
塵緣如何了，慧業不須修。
話到輪迴時，愴然涕泗流。

〈今自反之更得一律〉

休道輪迴苦，人生實賴之。
世情常有憾，天道願無私。

因果苦不爽，盛衰莫費辭。

何為求解脫，我佛亦頑癡。

前詩不錯，後詩更高。

中國近百年來女詩人儔，若論神智器識，竊以為未見有出湯夫人之右者。迄於現代後現代云云，則無分坤乾，益興代不如代之歎。中華，古者詩之大國，誥謨、詔策、奏章、簡札、契約、判款、酒令、謎語、醫訣、藥方，莫不孜孜詞藻韻節，嫠婦善哭，獄卒能吟，旗亭粉壁，青樓紅箋，皆揮袂風雲，咳唾珠玉——猗歟偉歟，盛世難再，神州大地已不知詩為何物矣。

「女詩人儔」，即女詩人一夥淘伴中。

誰更近乎自然

富人比窮人有錢，窮人比富人近乎自然，例如虎豹，一生就只一張皮，魚呀，花呀，都是窮的，孔雀亦是窮的，蜜蜂、螞蟻算得最知囤積的了，也有限，因為牠們不事商業。

大致與孟德斯鳩的「人在悲哀之中，才像個人」的這一說法相似，人在貧窮之中，方始有點點像個人，而這「悲哀」、這「貧窮」都要先作界定：「悲哀」，不是痛苦欲絕，「貧窮」，並非衣食住行發生致命的磨難。

痛苦欲絕的悲哀是不自然的，艱於維生的貧窮是不自然的——整個自然界是漠漠茫茫的悲哀和貧窮，人，若求其為「自然之子」，就得保持適度的悲哀，適度的貧窮，而這等於在說，要先從痛苦艱難中擺脫出來，然後才好談那種使人差強像個人的漠漠的什麼，茫茫的什麼。

限於墓誌銘規格

葉慈的一生，適值「為藝術而藝術」、「為人生而藝術」兩種思潮交錯交鋒交替的騷亂時期，艾略特在追悼葉慈的演說中故作驚訝道：「……他竟能在兩者之間獨持一項絕非折衷的正確觀點。」本該就「絕非折衷」這個性質大加發揮，可惜接著艾略特戛然落軸：「藝術家，果其竭誠於精神勞作，自必為全世界盡力了。」——這樣當然也算是籠統的解答，但到底只限於墓誌銘規格。半個世紀之後的今日，曾由葉慈執著的那個「觀點」仍然是卓越的，它的「絕非折衷」的性質淺顯易明而深奧難言——葉慈知之，艾略特知之，某亦知之。

路遇亞里斯多德

拉斐爾畫的柏拉圖和亞里斯多德，都不像他倆本人，畫柏拉圖是以達文西為模特兒的，畫亞里斯多德不知參照了誰，雄媚軒昂，好一副男性氣概……此係拉斐爾的私事，著毋庸議。

這時有一瘦高個兒施施行來，兩腿細長，頭髮剪成流行的短式，指上戴著鑲寶石的金環，儼然富家子弟的氣派，歲數不大而額面紋路三橫，鼻翼和嘴角邊皺痕下垂，似乎是長期的胃病患者。

當我知道這便是亞里斯多德時，不覺得奇怪，為什麼不覺得奇怪呢，那是很奇怪的。

亞里斯多德認為大自然從不徒勞。

我認為在細節上大自然看起來是不徒勞——大自然整個徒勞。

碰壁是快樂的

亞里斯多德開始討論，臉色凝重：

為什麼牛有角呢？

因為牠們的牙齒不夠好（本該用來製牙的質料便製了角）。

為什麼牠們的牙齒不夠好呢？

因為牠們有四個胃（可以不經細嚼就將食物消化）。

為什麼牠們有四個胃呢？

因為牠們是反芻動物。

為什麼牛是反芻動物呢？

因為，因為……因為牠們是牛。

此時，不知亞里斯多德是否快樂，我是快樂的。

哲學家的終局：碰壁。

我非壁，若然，樂不可支而永支之。

航海家有所不知

單人駕駛帆船，環繞世界一周，耗時兩百七十八天，沒有靠港停泊，只在第二百天時，於澳洲西南沿海，接收新鮮蔬菜及零件等補給品。

帆船通過赤道時，自開香檳慶祝。

噢印度洋，每秒二十米的強風，巨浪高如城牆，連續幾天才平靜，噢伸手不見五指的黑夜，也有亮夜（不是白夜，亦無月光），滿天星斗亮得甲板上可以讀書。最美的是什麼，最恐怖的是什麼——突然出現冰山，一點預兆也沒有，崔巍晶峰，劈面而至，這明明是死——我活下來了。

此乃一個日本人的真實手記。

矯情絕世，特立獨行，都是在為別人做事，閱此手記後，免我去航海。

後記

陳丹青

二〇一二年底，《文學回憶錄》發排在即，我瞞著讀者，擅自從全書中扣留九講，計兩萬餘字。三年過去了，今天，這部分文字成書面世，總算還原了《文學回憶錄》全貌，但因此與母本上下冊分離，成為單獨的書。

也好。以下我來交代此事的原委——先要告白的實情是：返回八〇年代，這份「課業」並不是聽講世界文學史，而是眾人攛掇木心聊他自己的文章。初讀他的書，誰都感到這個人與我輩熟悉的大陸文學，毫不相似，毫不相干。怎麼回事呢?!我相信初遇木心的人都願知道他的寫作的來歷，以我們的淺陋無學，反倒沒人起念，說：木心，講講世界文學史吧。

大家只是圍著他——有時就像那幅照片的場景，團坐在地板上——聽他談論各種話題。一驚一乍地聽著，間或發問：你怎會想到這樣寫，這樣地遣詞造句呢？

木心略一沉吟，於是講。譬如〈遺狂篇〉的某句古語作何解釋，〈哥倫比亞的倒影〉

究竟意指什麼，〈童年隨之而去〉的結尾為什麼那樣地來一下子……幾回聽過，眾人似乎開了竅，同時，更糊塗了。當李全武、金高、章學林、曹立偉幾位懇請老先生以講課的方式定期談論自己的寫作，他卻斷然說道：

那怎麼可以！

總歸是在一九八八年底吧，實在記不清經由怎樣一番商量，翌年初，木心開講了。最近問章學林，他也忘了詳細，但他確認木心說過：「零零碎碎講，沒用的，你們要補課，要補整個文學史，中國的，西方的，各國的文學都要知道。」眾人好興奮，可比得了意外的允諾，更大的禮物。之後，承李、章二位「校長」全程操辦，這夥烏合之眾開始了為時五年的漫長聽課。

一九九三年，文學史講席進入第四個年頭，話題漸入所謂現代文學。其時眾人與老師混得忒熟了，不知怎樣一來，舊話重提，我們又要他談談自己的寫作、自己的文章。三月間，木心終於同意了，擬定前半堂課仍講現代文學，後半堂課，則由大家任選一篇他的作品，聽他夫子自道。查閱筆記，頭一回講述是三月七日，末一回是九月十一日，共九講。之後，木心繼續全時談論現代文學，直到一九九四年元月的最後一課。

二〇一二年，我將五本聽課筆記錄入電腦，一路抄到這部分，不禁自笑了，歷歷想起容光煥發的木心。我與他廝混久，這得意的神采再熟悉不過，但在講席上，他的話語變得略略正式，又如師傅教拳經，鑾樂意講，又不多講，聽來蒼老而平然。那是他平生唯一一次對著人眾，豁出去，滔滔不絕，但以木心的做派，話頭進入所謂「私房話」，他總會找個瀟灑而帶玄機的說法，用關照的語氣，交代下來：

我講自己的書，不是驕傲，不是謙虛。我們兩三知己，可以這樣講講。

麻煩來了——唉，木心扔給我多少麻煩啊——《文學回憶錄》數十萬言，可以說都是他的「私房話」，這九堂課，更是私房話裡的私房話。現在臨到出版，這部分文字也發布，是否合適？

「私房話」一語，固然是木心調皮，可作修辭解，但他有他的理由，且涵義多端，此處僅表其一：通常的文學史著述者未必是作家，而木心是，所以他的話，先已說到：

在學堂、學府，能不能這樣做？

我們才不管那些，巴不得木心毫無顧忌，放開說。麻煩是在下一句：

要看怎麼做。

他怎麼做呢，諸位在本書中看到了。可是三年前擬定出版《文學回憶錄》之際，「要看怎麼做」便成了我的事情——木心生前不同意我的五本筆記對外公開。他去世後，「私房話」語境終告消失，新的，令我茫然失措的狀況出現了：他的大量遺稿，理論上，都是有待面世的文本，那是他的讀者殷切期待的事——哪怕不過數十人、數百人——出版《文學回憶錄》，我能做主，可是夫子自道的這部分，委實令我難煞。難在哪裡呢？

傳出去，木心講自己的書，老王賣瓜，自賞自誇。所以要講清楚——傳出去，也要傳清楚。

是的，他自己當場「講清楚」了，二十多年後，我該怎麼「傳」法？怎樣地才算「傳清楚」？

二〇〇六年初，木心作品的大陸版面世了，零零星星的美譽、好意、熱心語，夾著各種酸話、冷話、風涼話，陸陸續續傳過來。我久在泥沼，受之無妨，但那幾年老人尚在世，他開罪了誰嗎？二〇一一年冬，木心死。二〇一二年秋，《文學回憶錄》全部錄入，重讀他以上這些話，我心想：這汙濁的空間，「傳」得「清楚」嗎？而當年的木心居然相信「傳清楚」了，便是善道，便得太平。

老頭子還是太天真。紐約聽的課，北京出的書，世道一變，語境大異，我得「學壞」才行。誠所謂「防人之心不可無」，我一橫心，將這部分文字全部剔除了。

然而新的麻煩，須得收拾：全書九十多課抽去兩萬多字，便有九堂課的內容驟然減半（其中，兩堂課全時講述木心的作品）。為了版面的齊整均衡，我還得煞費苦心，將九堂課上半節談論的內容（沙特呀、卡繆呀、新小說派呀）挪移、銜接、拼合，既經壓縮，課目的數序也隨之篡改而減少。諸位明鑒：《文學回憶錄》下冊（編按：繁體版，「二十世紀之卷」，印刻，二〇一三），便是這樣地被我挖去一塊，哪位讀者的法眼，看出來麼？

此即木心留下的麻煩，也是我自找的麻煩——以上交代，亦屬小小的麻煩。

我從木心學到什麼？其一，是他念茲在茲的「耐心」，雖則跟他比，我還是性急。當初，他延宕四年方始談論自己；如今，我靜觀三載這才公布他的夫子自道。老頭子知道了，什麼表情呢？我真希望他一機靈，說：「倒也是個辦法。」但這辦法並非「傳清楚」，而是，索性抹掉它、存起來、等著瞧。

我等到什麼、瞧見什麼呢？很簡單：感謝讀者。

迄今我不確知多少人讀過《文學回憶錄》，多少人果真愛讀而受益：這不是我能估測、我該評斷之事。然而風中彷彿自有消息，三年過去了，近時我忽而對自己說：行了。這份私房話的私房話，可以傳出去了。年初編輯第三期木心紀念專號，我摘出聽他講述〈九月初九〉的筆錄，作為開篇，「以饗讀者」，隨即和責編曹凌志君達成共識：過了年，出版這本書。

我的心事放下了。有誰經手過這等個案麼？木心的顧忌、處境，長久影響了我，以至臨事多慮，留一手：這是何苦呢？所幸木心講了他要講的，我傳了我能傳的，此刻想想，還是因為讀者──包括時間。

諸位，我不想誇張《文學回憶錄》的影響。如今的書市與訊息場，一本書、一席話，能改變讀者嗎？難說。而讀者卻能改變作者的。木心的夫子自道，只為一屋子聽課生的再三聒噪；我發布五冊筆錄，乃因追思會上向我懇請的逾百位讀者──雖然，我不是《文學回憶錄》的作者──此刻全文公布這份「補遺」，說來說去，也還是因為顧念讀者。讀者的從無到有、由少而漸多，誰做主呢？時間。我所等候的三年，其實是木心的一輩子，他的遠慮，遠及他的身後。

木心終生無聞，暮年始得所謂「泛泛浮名」。一位藝術家，才華的自覺，作品的自覺，說，還是不說，熬住，還是熬不住，這話題，鮮見於通常的文學史，木心卻在講席中反覆言及，雖舉例者俱皆今古名家，但以他自身的際遇，度己及人，深具痛感——眼下這本書，便是此中消息，便是他這個人。

天才而能畢生甘於無聞者，或許有吧；庸才而汲汲於名，則遍地皆是。木心渴望聲譽，但不肯阿世，他的不安與自守，一動一靜，蓋出於此，而生前名、身後名，實在是兩回事。木心自信來世會有驚動，但生前的寂寞，畢竟是一種苦。苦中作樂，是他的老把戲，而作樂之際，他時刻守度。日常與人閒聊，他常坦然自得，眉飛色舞，形諸筆墨之際，則慎之又慎，處處藏著機心、招數，兼以苦衷。一位作家頂有趣而難為的事，恐怕是閃露祕笈、招供自己的寫作，在高明者，更是智性而曠達的遊戲，本身即是創作。

現在回想，如果我們不曾圍攏木心催他開課，年復一年撩撥他，他會有這份機會、場合，慨然自述嗎？我記得那幾堂課中的木心：懇切、平實，比他私下裡更謙抑，然而驚人地坦白——好像在座全是他最知心的朋友——同時，也如他儉省的用筆，點到即止，不使逾度。

木心寫作的快感，也是他長年累月的自處之道，是與自己沒完沒了的對話、論辯、商量、反目，此書所錄，一變為亦莊亦諧、進退裕如的談吐。他的自賞與自嘲好比手心翻轉，他對自己的俯瞰與仲裁，接踵而至。日間校對這九堂課，我仍時時發笑。當他談罷〈S.巴哈的咳嗽曲〉的寫作，這樣說道：

好久不讀這篇。今天讀讀，這小子還可以。

如今「這小子」沒有了。下面的話，好在他當年忍不住：

很委屈的。沒有人來評價注意這一篇。光憑這一篇，短短一篇，就比他們寫得好。五四時候也沒有人這樣寫的。

「他們」，指的誰呢？「五四時候」是也果然沒人這樣寫的：今時好像也沒有。就我所結識者，對木心再是深讀而賞的人，確也從未提及這一篇，而他話鋒一轉：

幸虧那時寫了。現在我是不肯了。何必。

這是真的。我總願木心繼續寫寫那類散文，九〇年代後期，他當真「不肯」了。此是木心的任性而有餘，也是他誠實。一九八五年寫成〈明天不散步了〉，他好開心，馬路上走著，孩子般著急表功：「丹青啊，到目前為止，這是我寫得頂好的一篇散文！」可是八年後課中談起，卻又神色羞慚，涎著臉說道：

不過才氣太華麗，不好意思。現在我來寫，不再這樣招搖了。

當時聽罷，眾人莞爾，此刻再讀，則我憮然有失：老頭子實在沒人可說，而稍起自得，便即自省，因他看待藝術的教養，高於自得。你看他分明當眾講述著，卻會臉色一正，好似針對我們，又如規勸自己，極鄭重地說：

當沒有人理解你時，你自己不要出來講。

什麼叫做「私房話」呢，這就是私房話。全本《文學回憶錄》的真價值，即在「私房」。他談到那麼多古今妙人，倒將自己講了出來，而逐句談論自家的作品，卻是在言說何謂文學、何謂文章、何謂用字與用詞。這可是高難度動作啊，愛書寫的人，哪裡找這等真貨？眼下，隱然而欠雛形的木心研究，似在萌動。此書面世，應是大可尋味的文本，賞鑑木心而有待申說的作者，會留意他所謂「精靈」的自況，所謂「步虛」的自供嗎——承老頭子看得起我們，提前交了底，以世故論，誠哉所言非人：這是文學法庭再嚴厲的拷問也難求得的自白啊。

我知道，以上意思，不該我來說。但我也憋著私房話。那些年常與木心臨窗對坐，聽他笑歎「不懂啊，不懂啊」，我好幾次急了，衝著他叫道：怕什麼啊，你就站出來自己講！

這時，他總會移開視線，啞著喉嚨，喃喃地說：不行的。那怎麼可以。

二〇一五年四月二十八日寫在紐約

當初，他延宕四年方始談論自己；如今，我靜觀三載這才公布他的夫子自道。老頭子知道了，什麼表情呢？我真希望他一機靈，說：「倒也是個辦法。」

木心，二〇〇九年攝於烏鎮西柵。攝影／李峻

附錄
出版說明

廣西師範大學出版社

木心先生在歷時五年的「世界文學史」課程中，曾應聽課生再三懇請，於一九九三年三月七日至九月十一日，以九堂課的半數時間，講述了自己的文學寫作。其全部內容，包含在陳丹青先生的原始筆記中。

二〇一三年初，本社依據這五本聽課筆記，出版了《文學回憶錄》。陳丹青先生出於當時的顧慮，沒有收入九堂課的兩萬餘字。三年來，感謝讀者對《文學回憶錄》的肯定與厚愛，近期，經與陳丹青先生商酌，本社仍以他的筆記為依據，編成此書，是為《文學回憶錄》補遺。

茲就有關事項，說明如下：

一，木心先生是在九堂課的穿插中，談論自己的作品，本社一仍其舊，依據筆錄原狀，保留每一講講題。為方便對照閱讀，本社將木心先生談到他自己的十四篇文章，循講述先後，分別插入每一自述之處，文章段落與聽課筆記交織排版，這十四篇依次是——《即興判斷》代序、〈塔下讀書處〉、〈九月初九〉、〈S.巴哈的咳嗽曲〉、《散文一集》序、〈明天不散步了〉、〈童年隨之而去〉、〈哥倫比亞的倒影〉、〈末班車的乘客〉、〈仲夏開軒〉、〈遺狂篇〉、《素履之往》自序、〈庖魚及賓〉、〈朱紱方來〉。

二，書中附印的筆記本照片，由陳丹青先生提供。他為此書撰寫的後記，附於書尾，俾便讀者了解當初隱去此書內容、今年決定公布的原委。

三，木心先生的創作談是即興的，沒有講稿，據陳丹青先生回憶，現場筆錄有點跟不上，不免有所疏漏。本社初編此書時，也有力所不逮之難。隴菲先生建議，為讀者著想，應將木心先生講解插入作品相關段落，並親自排定校閱了兩課範本，全書體例，為之一新，在此特別致謝！三年前為《文學回憶錄》校勘工作傾力襄助的馬宇輝女士，也對此書涉及中國古典文學的校勘訂正，有所貢獻，一併致謝！此外，全書未盡精確與完善之處，仍祈讀者與高明不吝指正。

二〇一五年七月

木心作品集——18

木心談木心

《文學回憶錄》補遺

講　　述　木　心
筆　　錄　陳丹青
總 編 輯　初安民
責任編輯　陳健瑜
美術編輯　林麗華
校　　對　吳美滿　陳健瑜

發 行 人　張書銘
出　　版　INK印刻文學生活雜誌出版有限公司
新北市中和區建一路249號8樓
電話：02-22281626
傳真：02-22281598
e-mail：ink.book@msa.hinet.net
網　　址　舒讀網http：//www.inksudu.com.tw

法律顧問　巨鼎博達法律事務所
施竣中律師
總 代 理　成陽出版股份有限公司
電　　話　03-3589000（代表號）
傳　　真　03-3556521
郵政劃撥　19785090　印刻文學生活雜誌出版股份有限公司
印　　刷　海王印刷事業股份有限公司

港澳總經銷　泛華發行代理有限公司
地　　址　香港新界將軍澳工業邨駿昌街7號2樓
電　　話　(852) 2798 2220
傳　　真　(852) 2796 5471
網　　址　www.gccd.com.hk

出版日期　2015年11月　初版
2021年10月 18 日 初版二刷
定　　價　320元
ISBN　978-986-387-066-1（精裝）

國家圖書館出版品預行編目資料

木心談木心：《文學回憶錄》補遺
／木心 著；
--初版, --新北市中和區：INK印刻文學,
2015. 11　面；　公分. (木心作品集; 18)
ISBN　978-986-387-066-1
1.世界文學 2.文學史
810.9　　104021482